영원히 알거나 무엇도 믿을 수 없게 된다

영원히 알거나
무엇도 믿을 수 없게 된다

바통

06

강화길

김멜라

서장원

이원석

이현석

전예진

정지돈

조우리

은행나무

차례

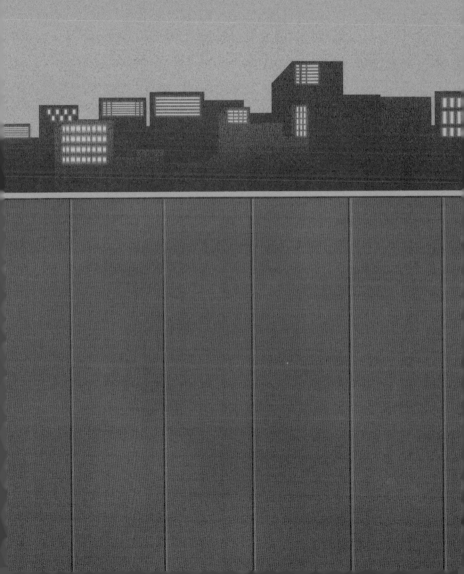

꿈속의 여인

강화길

강화길

2012년 경향신문 신춘문예에 당선되며 작품 활동을 시작했다. 소설집 《괜찮은 사람》《화이트 호스》, 중편소설 《다정한 유전》, 장편소설 《다른 사람》《대불호텔의 유령》이 있다. 한겨레문학상, 구상문학상 젊은작가상, 젊은작가상, 백신애문학상 등을 수상했다.

1

　1963년, 인용은 스물일곱 살이었고 아이가 넷이었다. 민경은 그해 말 겨울에 인용의 아랫집으로 이사를 왔다. 민경은 인용과 동갑이었지만 아이는 없었다. 해인마을에서는 보기 드문 일이었기에, 민경은 사람들의 주목을 꽤나 받았다. 하지만 사람들이 꼭 그 이유 하나만으로 민경을 껄끄러워했던 건 아니다. 그들이 민경을 낯설어했던 진짜 원인은, 그녀가 교회에 나오지 않는다는 사실에 있었다. 있을 수 없는 일이었다. 교회에서는 사랑을 망각하는 건 죄악이라 강조했고, 그 죄악은 끔찍한 화를 불러온다고 가르쳤다. 때문에 마을 사람들은 언제나 사랑을 기억하려 노력했다. 과거를 생각하면 더더욱 그럴 수밖에 없었다. 해인마을은 험준한 산을 등지고 척박한

논밭을 일궈 만든 아주 작은 동네였다. 마을에 땅을 가진 사람은 없었다. 땅이란 언제나 왕의 것이었고, 양반들의 것이었고, 일본인의 것이었으며, 옆 마을이나 도시 사람들의 것이었다. 몇 년에 한 번, 어느 시기가 되면 사람들은 과일과 고기를 사 들고 땅 주인들을 찾아갔다. 계약 연장에 성공하든 못하든, 마을로 돌아오는 이들의 낯빛은 언제나 어두웠다. 그들의 머릿속에는 온갖 계산이 가득했다. 계약금과 임대료, 흉작일 때 감당해야 하는 손해와 풍작일 때 잠깐 들어올 푼돈. 1년 지출과 생활비, 하루 세 끼, 다음날 끼니, 그 모든 것을 생각하며 보내야 하는 하루의 버거움. 그랬다.

가난이야말로 해인마을 사람들의 전부였다.

그러나 교회가 들어선 후 상황은 달라졌다. 교단은 식료품과 관련된 안정적인 사업체를 소유하고 있었고, 덕분에 사람들은 직장을 얻을 수 있었다. 학생들은 장학금을 받고 대학에 갔다. 혼기가 찬 청년들은 결혼 상대를 소개받았다. 그리고 아이를 낳았다. 넷, 다섯, 일곱, 혹은…… 아홉. 교회의 첫 목사였던 김태수는 예배 시간마다 입버릇처럼 말했다. "아이들이야말로 사랑의 증표입니다. 사랑이야말로 모든 것입니다." 그의 맏아들이 바로 인용의 남편이었다. 그리고 인용의 아들은 일곱 살 무렵부터 할아버지처럼 훌륭한 목사가 되고 싶다고 말했다. 아들의 장래 희망은 수없이 바뀌었지만 믿음에 대한 그의 태도는 변함이 없었다. 이후 그는 대학을 졸업하자마자 교단 사업체에 취직해서 임원 자리까지 올랐고, 아이는 여섯을 두었다. 물론 이건 아주 먼 훗날의 일이고, 당시로서는 전혀 상상하지 못한 일이었으나, 어쨌든 맏아들의 경건한 믿음은 마을 사람들을 감화시켰다. 어린아이보다 신실하지 못한 건 부끄러운 일이었으니까. 그런데 이런 사람들 사이에 갑자기 민경이 등장했던 것이다. 아이를 낳지 않고, 교회에도 나오지 않는 여자. 그러면서 해인마을에서 살아가는 여자. 살아가겠다고 하는 여자. 배은망덕했다. 사람들은 민경을 이해할 수 없었다. 그래서 거리에서 그녀를 만날 때마다 눈을 흘겼고, 인사를 받지 않았다. 하지만 민경은 뭐랄까, 사람들을 별로 아랑곳하지 않았다. 오히려 그녀는 누구를 만나든 다정한 말투로 이렇게 말하곤 했다.

"건강하시죠? 늘 건강하세요."

사람들은 약이 올랐다. 민경의 남편을 닦달하기 시작했다. "마누라 좀 어떻게 해봐. 사내가 책임감이 있어야지!" 그래도 민경은 교회에 나타나지 않았다. 1년, 2년…… 3년이 다 되어갈 때까지 그랬다. 사람들은 더 이상 민경을 노려보거나 수군대지 않았다. 그들은 그냥 민경을 아예 없는 사람 취급했다.

그러나, 인용은 민경과 어울렸다.

민경이 이사 온 첫날부터 그랬다. 그녀는 갓 만든 호박부추전을 들고 아랫집으로 갔다. 그리고 대문을 두드리며 쾌활한 목소리로 말했다.

"부침개 좀 먹을래요?"

평상에 앉아 옷가지들을 개고 있던 민경이 당황한 표정으로 뒤를 돌아보았다. 하지만 이내 그녀는 고개를 끄덕이며 대문을 열었고 평상에 자리를 만들었다. 그러고는 부엌에서 보리차와 떡을 조금 내왔다. 기정떡이었다. 인용은 눈을 살짝 동그랗게 떴다. 하얀 멥쌀가루와 막걸리로 만드는 기정떡은 사실 매우 사치스러운 음식이었다. 인용은 이전에 교회 행사에서만 딱 한 번 기정떡을 먹어보았을 뿐이었다. 그때도 깜짝 놀랄 만큼 맛있는 음식이라고 생각했는데, 세상에, 민경이 내온 기정떡은 그것과 비교할 수 없을 정도로 맛이 좋았다. 입안에서 금세 사라져버릴 정도로 폭신폭신하고 부드러운 식감, 달짝지근한 맛 뒤에 남는 시큼한 막걸리 향. 정말 훌륭했다. 인용은 떡을 연신 집어 먹으며 감탄을 내뱉었다.

"어머, 어떻게 이렇게 맛있을 수가 있어요? 정말 굉장하다!"

그날 이후, 두 사람은 자주 붙어 다녔다. 인용은 김장철이 되면 민경을 불러 함께 김치를 담갔고, 교회에서 먹을 걸 받으면 반드시 민경과 나누었다. 그뿐 아니었다. 인용은 남편과 싸우고 나면 꼭 민경을 찾았다. 아이들 때문에 속상한 날에도 민경의 집으로 갔다. 몇몇 사람들은 인용의 그런 모습을 불편하게 여겼다. 어째서 인용은 그런 배은망덕한 여자와 어울린단 말인가. 하지만 누구도 대놓고 인용을 비난하지 못했다. 인용은 마을에서 가장 신실한 신도 중 한 명이었고, 목사의 며느리였으며, 언덕 위에 있는 기와집에 살았다. 그녀의 가족은 마을의 상징이었다. 투덜거린 사람들은 그저 인용에게 작은 흠집을 내고 싶었을 뿐, 어떤 파괴를 원하지는 않았다.

그러던 어느 겨울, 그래, 민경이 이사 온 지 4년 째 되던 해였다. 일요일이었고, 새벽부터 눈이 많이 왔다. 마을 사람들 모두 교회에 모여 예배를 드릴 준비를 하고 있었다. 김태수가 첫마디를 꺼내려는 순간, 갑자기 교회 문이 벌컥 열리더니 민경이 들어왔다. 그녀의 신발에 눈덩이가 지저분하게 붙어 있었다. 민경의 남편이 놀란 얼굴로 자리에서 벌떡 일어났다. 민경은 그런 남편에게 다정한 미소를 보냈다. 그러고는 아무렇지 않게 그를 지나쳐 교회 맨 앞자리로 성큼성큼 걸어갔다. 그곳에는 인용과 그녀의 가족들이 앉아 있었다. 민경은 인용의 옆에 앉았다. 인용은 기다렸다는 듯 민경의 손을 꽉 잡았다.

이후 민경은 매주 꼬박꼬박 예배에 참석했다. 그리고 다음 해에는 임신을 했다. 딸을 낳았다. 세월은 빠르게 흘러갔다. 인용과 민경은 계속 윗집과 아랫집에 살았다. 그들은 남편들의 죽음과 자식의 대학 진학, 손주들의 탄생, 허리디스크와 관절염, 건초염, 맹장 수술과 자궁근종 수술, 유방 물혹 제거 수술 등의 일을 함께 겪었다. 인용의 자식들은 모두 도시로 떠났다. 민경의 딸은 미국으로 이민을 갔다. 인용과 민경은 텅 빈 집에 각각 혼자 살았지만, 주말이 되면 함께 교회에 갔다. 맨 앞자리는 언제나 그들의 것이었다.

이제 두 사람은 일흔을 넘긴 노인이었다.

지난 일요일, 민경이 교회에 나오지 않았다.

2

'무슨 일이 있는 걸까?'

이장댁은 텅 비어 있는 민경의 자리를 바라보며 생각에 잠
겼다. 벌써 2주 째였다. 민경은 성실한 신도였다. 이장댁이 아
는 한, 민경은 예배에 빠진 적이 거의 없었다. 물론 살다 보
면 어쩔 수 없는 일이 벌어지기 마련이다. 아픈 날, 너무 피곤
한 날, 가족에게 일이 생긴 날…… 민경에게 그런 날이 닥치
면 항상 인용이 나섰다. 인용에게 무슨 일이 생겨도 마찬가지
였다. 그들은 예배 시작 전에 목사에게 다가가 친구의 사정을
설명하며 양해를 구했다. 사춘기 시절, 이장댁은 인용과 민경
의 모습을 보며 강렬한 질투심에 휩싸이곤 했다. 그녀보다 거
의 열다섯 살이나 많은 아주머니들에게 그런 마음을 품는다
는 것이 우습기도 했지만, 어쩔 수 없었다. 이장댁은 두 사람
의 우정과 배려, 거기서 흘러나오는 어떤 다정함이 유난스럽
게 느껴졌고, 가끔은 화가 났다. 아마 이장댁이 굶주려 있었

기 때문일 것이다. 이장댁은 동네에서도 친구가 별로 없었고, 읍내의 학교에서는 따돌림을 당했다. 그녀는 늘 괜찮은 척했지만 사실 진짜로 괜찮았던 적은 없다. 그녀는 자신이 거의 겪어보지 못한 다정다감한 대화나 미소 같은 것에 늘 심한 갈증을 느꼈고, 때문에 가끔은 견딜 수 없을 것 같은 외로움에 사로잡히곤 했다. 무서웠다. 그녀는 외로워서 무서웠다. 그때마다 그녀는 기도를 했다. '상관없어. 친구 같은 건 중요하지 않아. 나는 일찍 결혼을 해서 아이를 많이 낳을 거야. 그 아이들은 언제나 내 곁에 있을 거야. 그들은 온전히 내 것이야.' 하지만 주일마다 교회 앞자리에 나란히 앉아 있는 민경과 인용을 볼 때면, 그녀는 자신의 모든 기도와 다짐이 허망하게 느껴졌다. 그리고 외로움보다 더 깊고 괴로운 감정에 사로잡히곤 했다. 바로 자신의 소망은 사실 그 어떤 가치도 없는 것일지 모른다는 강렬한 열패감. 그녀가 틀렸을지도 모른다는 기묘한 확신.

그렇게 세월이 흘렀고, 지금 민경은 교회에 나타나지 않고 있었다. 인용은 목사에게 어떤 귀띔도 하지 않았다. 대체 무슨 일일까? 이장댁은 슬그머니 주위를 둘러봤다. 다들 무표정한 얼굴로 자리에 앉아 목사의 설교를 듣고 있었다. 그녀는 의아했다. 다들 민경이 궁금하지 않은 건가? 심지어 목사도 관심이 없어 보였다. 그는 인용에게 민경의 안부를 묻지 않았고, 다른 사람들에게도 민경의 부재에 대해 언급하지 않았다.

물론 이장댁은 목사가 잘못했다고 생각하지 않았다. 세상에, 그녀는 살면서 단 한 번도 그런 불경한 생각을 품어본 적이 없었다.

이장댁은 인용에게 시선을 돌렸다. 인용은 기도에 몰두하고 있었다. 마치 처음부터 혼자 교회에 다닌 사람처럼 자연스러웠다. 어떻게 저럴 수 있을까. 민경과 평생 붙어 다녔으면서. 그렇게 유난을 떨었으면서. 아, 혹시 둘이 싸우기라도 한 건가? 하지만 교회에 나오는 건 그것과는 별개이지 않나? 그러다 문득 이장댁은 최근에 마을에서도 민경을 마주친 적이 없다는 사실을 깨달았다. 민경은 나이에 비해 건강했고, 걷는 걸 좋아했다. 그녀는 저녁마다 마을을 한 바퀴씩 돌며 거리를 오가는 사람들과 인사를 나누곤 했다. 이장댁도 거의 사나흘에 한두 번꼴로 민경을 마주쳤다. 민경은 이장댁에게 늘 같은 말을 건넸다.

"건강하지? 그래. 늘 건강해라."

그러나 지난 며칠간, 이장댁은 민경의 덕담을 들은 적이 없었다. 혹시 미국에 있는 딸을 만나러 간 걸까? 아닌 것 같았다. 그저께 이장댁은 우연히 민경의 집 앞을 지나다 세탁기 돌아가는 소리를 들었다. 또 그 얼마 전 밤에는 민경의 집 안 불이 환히 켜져 있는 걸 봤다.

민경은 분명 집에 있었다.

"아니지! 그게 아니야!"

이장댁은 목사의 외침에 퍼뜩 정신을 차렸다. 사람들 모두 두 손을 모은 채 고개를 숙이고 있었다. 예배의 마지막 시간이었다. 누군가 앞에 나가 죄를 고백하는 순서로, 용서는 목사가 했다. 그에게는 그럴 권한이 있었다. 마을에 사랑을 전파하고, 그 사랑을 지키는 사람이었으니까. 그가 아니면 누가 용서를 하겠는가. 교회가 처음 세워졌을 무렵에는 마을 사람들이 서로 앞다투어 고백을 하느라 예배가 끝나지를 않았다고 했다. 그때 김태수 목사는 모두를 용서했고, 모두에게 자비를 베풀었다. 마을에 남을 기회. 계속 살아갈 자격. 그렇게 세월이 지나갔다. 오늘날 사람들은 죄를 고백하기 위해 앞에 나서지 않는다. 뭐랄까, 이제는 조금 형식적인 시간이 되었다. 예배의 끝을 기다리며 마음을 가다듬는 시간. 그래서 이 차례가 되면 사람들은 자리에 조용히 앉아 있곤 한다. 그러나 이장댁은 이 시간만 되면…… 이상했다. 그녀는 사람들의 목소리가 들렸다. 정말이었다. 다른 이들의 속마음이 웅성웅성 그녀의 귓가를 맴돌았다. 고백합니다. 죄를 지었습니다. 그 사람에게 못되게 굴었습니다. 그 사람에게 거짓말을 했습니다. 평생, 지금까지도. 이장댁은 언젠가 이에 대해 남편에게 지나가듯 이야기한 적이 있다. 물론 심각하게 말한 건 아니었지만, 남편의 반응은 생각보다 훨씬 무심했다.

"그냥 다 당신 생각 아니야?"

하지만 이내 그녀의 표정을 보고는 다급히 덧붙였다.

"당신이 잠을 잘 못 자서 그래."

그건 사실이었다. 그녀는 늘 잠이 부족했으니까. 하지만 그것과는 별개로, 그녀는 더 이상 남편에게 아무 말도 하지 않았다. 어차피 그가 이해할 거라 생각하지 않았다. 그리고 어쨌든 그 목소리들이 머무는 순간은 잠시에 불과했으니까. 소리 때문에 정신이 몽롱해진다 싶은 순간, 목사의 외침이 들리며 모든 것이 사라지곤 했던 것이다. 지금도 그랬다.

"이 시간은 여러분의 것입니다. 오직 여러분만이 이 시간을 온전하게 만들 수 있습니다!"

이장댁은 두 손을 모으고 목사를 올려다봤다. 아, 굳건한 믿음으로 가득한 얼굴. 이기한 목사의 저 한결같은 모습을 본 지도 벌써 수십 년이 흘렀다. 그녀와 비슷한 나이였으니, 이제 그도 예순이 넘었다. 예순. 이장댁이 결혼할 때 김태수 목사의 나이가 딱 이 정도였다.

사실 이기한 목사의 부임은 예상 밖이었다. 원래대로라면 김태수의 맏아들, 그러니까 인용의 남편이 그 자리를 이어받아야 했으니까. 하지만 교통사고가 모든 걸 앗아갔다. 그 사고로 인용은 남편과 막내딸을 잃었다. 그리고…… 그 차에 함께 타고 있던 민경의 남편도 세상을 떠났다. 비극적인 사고였다. 설상가상으로 1년 뒤, 김태수 목사가 위암 말기를 선고받았다. 슬픔에서 간신히 빠져나오고 있던 마을은 다시 절망에 빠졌다. 결국 교단은 김태수 목사의 퇴임을 결정했다.

이장댁은 김태수 목사가 마을을 떠나던 날을 여전히 기억한다. 사람들은 탑돌이를 하듯 온종일 교회 주위를 걸으며 기도를 했다. 이장댁 역시 함께 걸었다. 그녀는 흘러내리는 눈물을 닦으며 중얼거렸다. "누구도 목사님을 대신할 수 없습니다. 목사님이야말로 사랑이십니다. 사랑의 전부이십니다." 하지만 이기한이 나타난 순간, 이장댁은 그 모든 기도가 무의미해지는 걸 느꼈다. 김태수와 이기한 사이에는 위화감이 없었다. 두 사람 모두 창백한 피부에 넓은 턱을 가졌고, 알이 두꺼운 금테 안경을 썼다. 목소리는 굵은 저음이었다. 이기한은 젊은 김태수였다. 정말 똑같았다. 분위기, 말투, 토씨 하나 다르지 않은 설교. 형형한 눈빛까지.

그때 이장댁은 처음으로 깨달았던 것 같다. 아마 그 무엇도 달라지지 않으리라는 것. 지금까지 살아온 것처럼, 똑같은 삶이 반복되리라는 것. 이 마을에서, 바로 이곳에서. 그 때문일까. 이장댁은 가끔 이기한 목사를 볼 때면 꿈을 꾸는 기분이 든다.

"고백하실 분이 있으면 앞으로 나오십시오."

이기한 목사의 목소리가 교회 안에 울려퍼졌다. 이장댁은 인용을 향해 다시 시선을 돌렸다. 그 비극적인 사고가 있었을 때, 이장댁은 소문 하나를 들었다. 인용과 민경의 가족이 해인마을을 벗어나고 싶어 했다고. 특히 인용이 그랬다고. 막내딸을 빼돌리고 싶어 했다고. 그러다가 그 사고를 당한 거라고 했다. 허황되고 근거 없을 뿐 아니라, 모욕적인 이야기였다. 이장댁은 소문을 믿지 않았다. 그래. 소문은 그저 소문일 뿐이니까. 하지만 아주 가끔, 이장댁은 인용을 보고 있으면 그 소문이 떠오르곤 했다. 마을을 떠나려 했던 자. 사라지려 했던 자.

감히 그것을 시도했던 자.

*

예배가 끝난 후, 이장댁은 인용에게 다가갔다. 인용은 목에 목도리를 꽁꽁 동여매고 있었다. 날이 선선하긴 했지만, 그래도 겨울이 오려면 멀었는데 벌써 목도리라니. 이장댁은 속으로 의문을 삼키며 슬며시 인용을 불렀다.

"자매님."

인용이 고개를 돌렸다. 이장댁은 부드러운 말투로 물었다.

"자매님, 왜 요즘 계속 혼자 나오세요? 아랫집 자매님께 무슨 일 있어요?"

그러자 인용이 이장댁을 빤히 쳐다봤다. 대답도 없었고, 표정의 변화도 없었다. 그저 바라보기만 했다. 이장댁은 조금 민망했다. 그렇게 얼마나 있었을까. 인용이 갑자기 몸을 돌려 교회 정문으로 걸어가기 시작했다. 이장댁은 다급히 인용을 따라 걸었다. 그 사고 이후, 인용은 성격이 많이 변했다. 쾌활

하고 다정하던 사람은 이제 없었다. 과묵하고 침통한 눈빛을
가진 노인이 있을 뿐이었다.

이장댁이 걸음을 서두르는데, 앞에서 인용의 단호한 목소
리가 들려왔다.

"없어. 그러니까 그만 따라와."

"네?"

"아랫집에 아무 일도 없다고."

"그런데 왜 교회에 안 나오세요? 마을에도 통 안 보이시구
요."

인용은 다시 침묵했다. 이장댁은 이해할 수 없었다. 별일이
없다면 교회에 나와야 하지 않은가. 마을에 나타나야 하지 않
은가. 아닌가? 계속 입을 다무는 인용을 보며, 뭐랄까, 이장댁
은 기분이 썩 좋지 않았다. 어린 시절, 학교 다닐 때로 돌아간
기분이었달까. 그래. 그랬다. 그때 그녀는 아무것도 아닌 존
재였다. 그 무엇도 아니었다. 하지만 지금은 달랐다. 올해 봄,
목사는 그녀의 남편을 이장으로 지목했다. 웅성거리는 사람
들을 향해 목사는 그들 부부의 "신앙과 책임감"을 상찬했다.
책임감. 그래, 이제 그녀는 책임이 있는 사람이었다. 그녀는
인용에게 다시 묻기 위해, 옆에 조금 더 다가섰다. 그 순간 인
용이 딱딱한 말투로 물었다.

"그런데 왜 요즘은 떡을 안 만들어?"

"네?"

"기정떡 말이야. 매해 가을이 되면 마을 사람들 다 같이 모여 만들었잖아. 왜 요즘은 안 해? 이장댁이 나서서 좀 챙겨야 하는 거 아니야?"

기정떡? 그러고 보니 그런 날들이 있었다. 마을회관에 다같이 모여 떡을 만들고, 사람들에게도 돌리고, 옆 마을에도 나누어주고, 학교에도 가져가던 그런 때가. 그러나 그건 아주 옛날, 세상에, 이장댁이 고등학생이었던 시절의 이야기였다. 대체 인용은 그때 이야기를 왜 하는 거지? 이장댁은 할 말을 잃어버렸다. 인용은 대답을 기다리지 않았다. 앞으로 걸어갔다. 사라져버렸다.

그날 밤, 이장댁은 남편에게 물었다. 바닥에 이불을 펴던 남편이 반색하며 대답했다.

"그럼, 기억나지. 기정떡. 그것 때문에 해인마을에서 사는 게 내 꿈이었잖아."

"그랬어요?"

"그랬지."

그는 손끝으로 턱을 매만지며 웃었다. 추억에 잠긴 듯했다. 결국 그는 꿈을 이룬 셈이었다. 건넛마을, 산속에 흙집을 짓고 살던 가족의 막내아들이 이제는 해인마을의 이장이 되었으니까. 그가 말했다. 열두 살 때였나, 해인마을 사람들이 기정떡을 잔뜩 들고 와서 가족에게 나누어주었는데, 그렇게 맛

있는 음식은 처음이었다고. 그날 저녁, 가족들이 모두 일을 나간 후 그는 집에서 혼자 잠들었다. 그러다 눈을 번쩍 떴다. 비가 오고 있었고, 지붕에서는 물이 새고 있었다. 그는 황급히 일어났다. 머릿속에는 오직 한 가지 생각밖에 없었다. 그는 곧장 떡을 찾았다. 그러나 떡은 이미 비에 잔뜩 젖어 먹을 수 없는 지경이 되어 있었다. 그날 그는 생각했다. 해인마을로 가자. 이곳이 아닌 그곳에서 살자. 이후 정말로 그는 중학교를 마치자마자 곧장 해인마을로 갔다. 교단의 식료품 공장에 취직을 했다. 마을 교회에 나가기 시작했다. 이장댁 역시 그때 그의 모습을 기억하고 있다. 얼굴에 곰보 자국이 가득했던, 삐쩍 마른 소년.

그때 이장댁은 상상도 하지 못했다. 몇 년 후, 김태수 목사가 자신의 결혼 상대로 그를 지목하리라고는 말이다. 물론 이장댁은 늘 결혼하는 상상을 했다. 그녀는 늘 가족을 꾸리고 싶었으니까. 그녀는 자신의 아이들에 대해 끝없이 상상했다. 첫 아이는 딸이어야 했다. 조곤조곤한 말투를 가지고, 이마가 넓고 숱이 많은 여자아이. 둘째는 연년생의 사내아이. 눈동자가 유독 까맣고 속눈썹이 길어서 잘생겼다는 말보다는 예쁘다는 말을 듣는 남자아이. 셋째 역시 사내아이였다. 딸과 있으면 누나랑 닮았다는 소리를 듣고, 아들과 있으면 형을 닮았다는 소리를 들으며, 입만 열면 당당하게 자신의 포부를 밝히는 아이. 저는 목사가 될 겁니다. 반드시 그렇게 될 겁니다……. 이장과 이장댁은 아이를 갖지 못했다.

방 불을 끄며 이장댁은 남편에게 물었다.

"그럼 당신은 기정떡을 학교에 가져가서 나눠주거나 그런 적은 없어요?"

이장이 웃음을 터뜨렸다.

"비에 다 젖었다니까. 그리고 내가 먹을 것도 부족한데 학교에 왜 가져가겠어? 당신은 그랬어?"

"아니요."

거짓말이었다. 그녀는 기정떡을 학교에 가져갔다. 아이들의 환심을 사고 싶었다. 열여섯 살 가을. 이장댁은 지금도 그날을 기억한다. 언제나 그녀를 본척만척하던 아이들이 기정떡을 받자마자 눈에 띄게 친절해졌다. 말을 걸어주고, 눈을 맞추며 웃어주었다. 그런데 단 한 명, 떡을 먹지 않는 애가 있었다. 그 애는 그녀를 노골적으로 노려보며 싫은 티를 냈다. 이장댁은 생각했다. 질투하는구나. 그럴 수 있었다. 학교에서 따돌림당하는 사람이 오직 이장댁 혼자만은 아니었으니까. 그 애 역시 친구가 없었고, 늘 혼자 있었다. 그런데 아이들이 갑자기 이장댁에게만 친절하고 다정하게 구는 게 싫었겠지. 부러웠겠지. 화가 났겠지. 아마 그렇게 생각했을 것이다. 너와 내가 다른 게 뭔데? 하지만 달랐다. 그 애는 이장댁과 달리 아이들의 환심을 살 만한 것을 전혀 갖고 있지 않았다. 그 애는 가난했다. 물려받은 교복과 어딘가에서 주워온 듯한 더

러운 체육복을 입었다. 늘 점심을 굶었다. 담임선생님은 불편한 표정으로 그 애의 이름을 부르며 노란색 육성회비 봉투를 건넸다. 그랬으니, 그런 애였으니, 이장댁이 미울 수밖에. 그래, 그랬을 것이다. 그래서 이장댁은 쉬는 시간, 기정떡을 그 애 가방에 몰래 넣어두었다. 하지만 다음날, 다 쉬어버린 떡이 이장댁의 가방에 되돌아와 있었다. 쪽지 하나와 함께.

"이단의 음식."

이장댁은 쪽지를 뚫어지게 바라보았다. 그래, 알고 있었다. 진작부터 그랬다. 그녀가 학교에서 따돌림을 당하는 이유. 아이들이 그녀를 부담스러워하는 이유. 선생님들이 그녀를 불편해하는 이유. 모두와 함께 있어도 늘 혼자 있는 기분이 드는 이유. 하지만 진짜로 당황한 사람은 그녀였다. 정말로 놀라고 경악했던 사람은 그녀였단 말이다. 어떻게 다들 믿음이 없을 수 있단 말인가? 다른 마을 아이들, 다른 동네 출신들, 선생님들, 그들은 사랑을 몰랐다. 그리하여 그녀는 할 수 있는 걸 했다. 사랑을 드러냈다. 생물 시간에 손을 들고 질문했다. "그럼 저희 교리가 틀렸다는 건가요?" 역사 시험 답안지에 그렇게 썼다. "단군신화는 조작된 것이다." 제사를 지내러 간다는 반 친구에게 달려가 말했다. "잘 생각해봤으면 좋겠어. 그건 불경이야." 그녀는 진실을 외면하지 않았을 뿐이다. 그게 잘못인가? 그러한가? 그렇다면 너는 옳은가? 너 역시 절에 다니는 아이에게 지옥에 갈 거라 말하고, 선생님에게 거친 말투로 말하지 않았던가. "저는 천국에 갈 거예요. 선생님은 아니에요." 그런 너와 내가 다른 게 무엇인가. 그러나 그녀는 이내 평정심을 되찾았다. 깨달았기 때문이다. 그녀와 그애는 달랐다. 그래, 정말 달랐다. 아주 달랐다. 그래서 그녀는 쉰 떡을 다시 그 친구의 가방에 몰래 집어넣었다. 쪽지를 썼다. "너는 천국에서도 가난할 거야."

어둠 속에서, 이장댁은 남편에게 말했다.

"기정떡 만드는 행사를 다시 열까 봐요."

"갑자기? 왜?"

"마을 사람들 모두 모이면 좋잖아요……. 단 한 명도 빠짐없이요."

"그래? 그렇겠네……."

남편의 목소리에 졸음이 가득했다. 곧 그의 숨소리가 잦아들었다. 이장댁 역시 눈을 감았다. 언제나 그랬듯 잠은 쉽게 찾아오지 않았다. 그리고 그녀는 늘 헷갈렸다. 잠에 들어도 꼭 깨어 있는 것 같았다. 꿈 때문이었다. 지나치게 생생한 그녀의 꿈. 하지만 항상 그런 건 아니었다. 가끔 그녀는 자신이 꿈을 꾸고 있다는 걸 분명히 알았다. 특히 가끔씩 그녀를 찾아오는 그 꿈을 꿀 때 그랬다. 천장에 떠올라, 잠을 자는 그녀 자신을 바라보는 꿈. 하지만 그 순간의 그녀는, 그러니까 아래에 있는 자신은 너무도 낯설었다. 얼굴이 보이지 않았다. 늘 엎드려 있었다. 심지어 머리에서부터 다리 끝까지 검은 봉지 같은 것을 뒤집어쓰고 있었다. 그래서 그녀는 늘 의문이 들었다. 저 자리에 있는 사람이 정말 나일까? 내가 맞을까? 결혼 상대가 누구인지 결정되었던 날에도 그녀는 그 꿈을 꾸었다. 김태수 목사를 만나고 돌아온 날이기도 했다. 그녀는 목사에게 그런 말을 하려 했다. 결혼하고 싶지 않다고. 그 사람과는 함께 살 수 없다고. 그건 자신이 원하던 사랑이 아니라고. 하지만 차마 입이 떨어지지 않았다. 의심이 들었다. 그렇다면 그녀가 원하는 것은 무엇인지, 대체 자신은 무엇을 바라는지, 알 수 없었다. 무엇보다…… 과연 그녀에게 그 모든 걸 원할 자격이 있는 걸까? 그녀의 마음이 빤히 보였던 것 같다. 김태수 목사는 그녀의 어깨를 부드럽게 어루만지며 다정하게 말했다.

"자매님, 그건 나쁜 생각이에요. 앞으로 받을 은혜를 생각하셔야죠."

이장댁은 눈을 번쩍 떴다. 어두웠다. 오직 어둠뿐이었다. 헷갈렸다. 나는 깨어 있는 것일까. 잠들어 있는 것일까. 혹시…… 이 모든 건 다 꿈이 아닐까. 그녀는 혼자 조용히 중얼거렸다.

"아랫집 자매님도 오시겠지요?"

*

　이틀 후, 이장댁은 마을 회의를 소집했다. 민경은 오지 않았다. 하지만 인용은 왔다. 불편한 얼굴로 입을 꾹 다문 채 마을회관 구석에 앉아 있었다. 오지 않을 수 없었을 것이다. 애초 기정떡 이야기를 꺼낸 사람이 인용이었으니까.

　이장댁은 사람들 앞에 섰다. 그리고 입을 열었다. 마을의 오래된 전통을 다시 시작해보려 한다. 마을 사람들의 협조가 필요하다……. 하지만 사람들은 별로 집중하지 않았다. 각자 이야기를 나누는 데만 정신이 팔려 있었다. 그럴 만도 했다. 교회에서는 늘 엄숙하고 조용히 있어야 했으니까. 예배가 끝나고 다 함께 밥을 먹는 일이 있긴 했지만, 그래봐야 1년에 한두 번이었다. 그나마 마을 사람들 전원이 참석하는 일은 드물었다. 친한 사람들 몇몇만 모여 앉아 조용히 잡담을 나누고 빠르게 헤어지는 게 대부분이었다. 처음부터 그러지는 않았던 것 같은데, 언젠가부터 그랬다. 그래, 언제부터였더라? 이장댁은 생각했다. 기정떡을 만들지 않았던 게 언제부터였지? 가장 활발했던 때가 50년 전이긴 했지만, 그녀가 삼십대 초반이던 때만 해도 사람들은 함께 모였다. 그녀도 그 자리에 있었다. 분명 기억한다. 그러다 어느 순간부터 모이지 않았다. 왜 그랬지? 아, 맞아. 그때 이기한 목사가 부임했었다. 그리고 그가 말했다. "아까운 쌀을 낭비하는 일은 없어야 합니다." 그래, 그 한마디로 모든 게 결정됐었다. 다소 갑작스러운 결정이다 보니, 불만이 없지 않았다. 이기한 목사는 김태수 목사와 달리 단 음식을 싫어 한다고. 그래서 기정떡을 만들지 못하게 하는 거라고.

"해도 되는 거야?"

날카로운 목소리에 이장댁은 고개를 돌렸다. 앞자리에 앉아 있던 진주네 할머니였다. 인용과 비슷한 연배의 노인으로 무엇이든 사사건건 따지는 걸 좋아했다. 작년까지만 해도 사람들은 진주네 할머니의 집에서 이장이 나올 거라고 생각했다. 누구보다 진주네 할머니 본인이 그렇게 믿었던 것 같다. 자기 아들이 이미 이장이 된 것처럼, 여기저기 떠들고 다녔으니까. 나한테 부탁해. 내가 다 해결해줄 테니까. 응?

이장댁이 뭐라 대답하기도 전에 진주네 할머니가 다시 물었다.

"목사님이 허락하신 거냐고."

그 말에 시끌벅적하던 분위기가 조금 잠잠해졌다. 다들 이장댁을 쳐다봤다. 이장댁은 어색하게 웃었다. 거짓말을 할 생각은 없었다. 어떻게 그러겠는가. 그것도 감히 목사님에 대해서. 하지만 사람들에게 딱히 설명할 말도 없었다. 이장댁은 애서 태연하게 사람들을 내려다봤다. 별 소용은 없었다. 사람들이 서로 눈짓을 주고받고, 귓속말하는 모습이 보였다. 이장댁은 그들의 목소리가 들리는 것 같았다. 마치 예배의 마지막 시간처럼.

저럴 줄 알았어. 애가 없어서 그래. 다른 집 사정을 몰라. 그러니까 일 벌이는 걸 좋아하지. 나이를 어디로 먹었는지 모르겠어. 하는 짓은 스무 살 때랑 똑같아. 스무 살 때 왜? 그때 있었던 일을 어떻게 알아? 아무튼 철이 없어. 육십 넘어서도 저러고 산다니.

목사님은 대체 저 집에 왜 이장 일을 맡긴 거야?

그 순간, 인용이 자리에서 일어났다. 더는 들을 게 없다는 표정이었다. 이장댁은 밖으로 향하는 인용의 뒷모습을 가만히 쳐다보았다. 그러다 외치듯 물었다.

"자매님, 오늘 아랫집 자매님은 왜 안 오셨어요?"

사람들의 시선이 자연스레 인용에게 향했다. 인용의 얼굴에 당혹스러운 표정이 스쳐지나갔다. 하지만 이내 인용은 아무렇지 않다는 말투로 대꾸했다.

"그냥, 바빠서 못 왔어."

이에 진주네 할머니가 물었다.

"요즘 교회도 안 나오잖아. 무슨 일 있어?"

인용은 대답하지 않았다. 어떻게 말해야 할지, 그래서 어떻게 이 상황을 벗어날지 궁리하는 것 같았다. 하지만 사람들은 인용을 기다려주지 않았다. 당연히 그럴 리 없었다. 사랑이 가득한 마을. 해인마을의 사랑. 그 사랑은 언제나 크고도 깊었으니까. 사람들이 인용에게 묻기 시작했다. 마을에서도 본 적이 없는데 무슨 일이냐. 집에 있는 것 같던데 왜 밖에 나오지 않는 것이냐. 혹시 미국에 있다는 딸에게 무슨 일이 있느냐. 대체 왜 그러느냐. 목사님께 말씀드려야 하지 않을까요? 그러자 인용이 미간을 확 찌푸리며 새된 소리를 내뱉었다.

"아무 일도 없다니까, 다들 왜 이렇게 오지랖들이야!"

마을회관이 조용해졌다. 이번에도 역시, 이장댁은 사람들의 목소리가 들리는 듯했다. 하지만 꼭 그들만의 이야기는 아니었다. 이장댁 역시 비슷한 생각을 하고 있었으니까. 아무 일도 없다면서 왜 소리를 지르지? 무슨 일이 있는 것 같은데? 말 못할 일. 절대 말해서는 안 되는 일. 그래서 숨겨야만 하는 일. 그런 일이 있는 거 아니야?

아니야?

인용은 뒤도 돌아보지 않고 황급히 마을회관을 빠져나갔다. 도망치는 사람처럼. 다시는 돌아오지 않을 사람처럼, 그렇게 사라져버렸다.

3

바람이 불었다. 이장댁은 숨을 크게 들이마셨다. 선선한 가을바람이었다. 하지만 조금 차가워진 듯도 했다. 저 앞에 인용이 걸어가는 모습이 보였다. 그녀는 주위를 두리번거리며 걷고 있었다. 뭔가를 찾는 것 같기도 했고, 기다리는 것 같기도 했다. 어쩐지 불안해 보였다. 이장댁은 그런 인용 뒤로 빠르게 다가갔다. 겁을 줄 생각은 없었다. 그저 가는 길이 같았을 뿐이다.

"자매님."

인용이 화들짝 놀라며 뒤를 돌아봤다. 그러고는 곧장 화를 냈다.

"왜 따라와!"

"따라가긴요. 저는 아랫집에 가는 거예요."

사실이었다. 인용이 마을회관에서 나간 직후, 이장댁은 사람들에게 말했다. "제가 지금 아랫집에 가볼게요. 무슨 일이 있는지 없는지 제가 확인할게요." 그랬다. 책임. 이장댁은 자신의 책임을 다하려고 노력하고 있을 뿐이었다. 그러자 인용이 살짝 겁을 먹은 말투로 물었다.

"거기는 왜 가려고?"

"가봐야죠. 무슨 일이 있는지 모르잖아요."

"내가 아무 일도 없다고 했잖아."

이제 인용은 뭐랄까, 거의 애원하듯이 말하고 있었다. 그 간절한 목소리를 들으며 이장댁은 또다시 소문을 떠올렸다. 인용과 민경이 이 마을을 떠나려고 했었다는 이야기. 사실 그때, 이장댁은 한 가지 소문을 더 들었다. 민경도 딸을 빼돌리고 싶어 한다고. 목사가 주선하는 결혼을 막기 위해 무엇이든 할 준비가 되어 있다고. 웃기는 소리라고 생각했다. 아니, 불가능한 이야기라고 믿었다. 그래서였다. 민경의 딸이 미국으로 이민을 갔다는 소리를 들었을 때 이장댁은 진심으로 놀랐다.

이장댁은 인용에게 말했다.

"그래도 제가 한번 직접 뵈어야죠."

인용은 아무 말도 하지 않았다. 그 순간 갑자기, 이장댁은 밤중에 어두운 바닥을 바라볼 때처럼 몸이 붕 뜨는 기분이 들었다. 깨어 있는 건지, 잠들어 있는 건지 분간할 수 없는 흐릿한 기분. 하지만 지금 이럴 때가 아니었다. 이장댁은 정신을 차리려 애썼다. 앞을 똑바로 바라보았고, 서둘러 걸음을 재촉했다. 이제 인용은 이장댁의 뒤에 있었다.

민경의 집은 여기서 멀지 않았다. 마을회관 정문에서부터 펼쳐진 큰길을 따라 걷다 보면, 잎을 길게 드리운 커다란 버드나무가 나왔다. 나무 아래로는 작은 하천이 흘렀다. 마을을 에워싸고 있는 산에서부터 흘러내려오는 물줄기였다. 그 하천 위 다리를 건너면 갈림길이 나왔는데, 그 왼쪽 골목으로 들어서자마자 보이는 것이 바로 민경의 집 대문이었다.

다시 바람이 불어왔다. 이장댁은 숨을 깊이 들이마셨다. 맑고 깨끗한 공기가 몸 안에 가득 들어차는 게 느껴졌다. 이제 거의 다 왔다. 이장댁은 조금 더 빠른 걸음으로 다리를 건넜다. 그리고 왼쪽 골목으로 꺾어 들어갔다. 그래, 정말 다 왔다. 그 순간 그녀는 멈칫 자리에 섰다.

민경의 집 앞 대문에 누군가 서 있었다.

"자매님?"

아니었다. 민경보다 훨씬 작고 마르고 또…… 누구지? 낯설었다. 하지만 매우 낯이 익기도 했다. 그 사람은 위아래 모두 새카만 옷을 입고 있었는데, 그 모습이 마치 머리에서부터 다리까지 검은 비닐봉지를 뒤집어쓴 것 같았다. 그 사람은 등을 돌린 채 대문 앞에 꼭 붙어 서 있었다. 그래서 얼굴을 볼 수 없었다. 누구지? 당신은 누구지? 이장댁은 그 사람을 물끄러미 바라보다 걸음을 내딛었다. 조금 더 가까이 다가섰다. 그렇게 그 사람에게 거의 다다른 순간, 뒤에서 누군가 그녀의 팔을 꽉 붙잡았다.

인용이었다.

인용이 하얗게 질린 얼굴로 이장댁을 보고 있었다. 어떤 끔찍한 일을 겪은 사람처럼. 봐서는 안 되는 걸 본 사람처럼. 그래서 금방이라도 정신을 놓을 사람처럼. 아, 이장댁은 이전에도 인용의 이런 얼굴을 본 적이 있었다. 그래. 서울로 가는 고속도로에서 교통사고가 났다는 소식을 듣고 헐레벌떡 집 밖으로 뛰쳐나왔던 바로 그날.

갑자기 바람이 너무 차가웠다. 이장댁은 머리털이 쭈뼛 서는 걸 느꼈다. 그녀는 급히 고개를 돌렸다. 대문 앞에는 아무도 없었다.

두려움이 가득한, 인용의 목소리만 들려올 뿐이었다.

"저기 들어가지 마."

하지만 그녀는 들어갔다. 오랜만이었다. 민경의 집은 미닫이문이 마루를 에워싼 형태의 개조한옥이었는데, 나무로 마감된 미닫이문에는 반투명한 유리가 끼워져 있었다. 밖에서도 안이 잘 보이지 않았고, 안에서도 밖이 잘 보이지 않았다. 그래서 민경은 늘 미닫이문을 반쯤 열어두고 살았다. 문을 다닫고 있으면 갇혀 있는 기분이 들어서 그렇다고 했다.

하지만 지금, 미닫이문은 꽉 닫혀 있었다. 민경은 집을 비운 걸까? 그런 것 같지는 않았다. 집 안에서 어떤 소리가 들려오고 있었던 것이다. 이장댁은 숨을 숙이고 소리를 들었다. 바닥을 긁는 것 같은, 귓속을 불편하게 만드는 미세한 소음. 누군가 집 안을 걸어 다니고 있는 것 같았다. 아니, 분명 누군가 집 안에 있었다.

"자매님?"

이장댁은 민경을 불러보았다. 그러자 소음이 확 커졌다. 이제는 바닥을 긁는 게 아니라 집 안 전체를 두드리는 것 같았다. 심지어 그 소리는 아주 천천히, 이장댁이 서 있는 미닫이문 쪽으로 다가왔다. 그것은 마치 문밖으로 빠져나가고 싶어하는 것처럼. 터져나올 것처럼.

순간, 오래된 기억 하나가 이장댁의 머릿속을 스쳐지나갔다. 이장댁은 지금처럼 이 문 앞에 서서 민경을 부른 적이 있었다. 그래. 그때도 문이 닫혀 있었다. 그날 이장댁은 말린 고추 바구니를 들고 있었고, 민경의 딸이 평상에 앉아 공부하는 모습을 보았다. 대답 없는 민경을 기다리며 이장댁은 그 애에게 말을 걸었다.

"열심히 하네?"

민경의 딸은 이장댁에게 고개를 살짝 끄덕이고는 다시 공부에 집중했다. 모르겠다. 이장댁은 그때도 자신이 꿈을 꾸고 있는 것 같다고 느꼈던 것 같다. 그래, 그래서였을 것이다. 이장댁은 민경의 딸에게 속삭이듯 덧붙였다.

"너무 애쓰지 마. 그래봤자 머리만 돌아."

그때 민경의 딸이 뭐라고 대답했더라. 역시 모르겠다. 너무 오래전 일이다. 그래, 정말 오래전 일이다. 이장댁은 그런 사소한 기억 따위에 사로잡히고 싶지 않았다. 지금 중요한 건 그게 아니었으니까. 저 소리가 이장댁에게 다가오고 있었다. 그녀를 집어삼킬 것처럼 밀려들고 있었다. 그녀는 기다렸다. 진심으로 기다렸다. 이윽고 소리가 바로 문 건너편에서 들리기 시작했다. 무언가를 긁고, 찢고, 뭉개는 듯한 소름 끼치는 소리. 이장댁은 눈을 똑바로 떴다. 집중했다. 드디어 반투명한 유리창 너머로 그 소리의 주인이 보였다. 머리부터 발끝까지 새까만 비닐봉지를 뒤집어쓴 듯한, 문 앞에 붙어 서 있는 몸. 이장댁은 유리창에 손바닥을 가져갔다. 느껴졌다. 그 존재의…… 문득 갑자기, 이장댁은 자신의 손이 너무 늙었다는 생각이 들었다. 언제 이렇게 변해버린 거지.

이장댁은 문에서 천천히 손을 뗐다. 아무 소리도 들리지 않았다. 저편에는 이제 무엇도 없었다.

그녀는 문을 열었다.

*

그 주 일요일, 민경은 교회에 나오지 않았다. 당연한 일이었다. 이제 민경은 마을에 살지 않았으니까. 그날 이장댁은 마을회관으로 바로 돌아가 본 것 그대로 사람들에게 말했다.

민경의 집은 텅 비어 있었고, 휴대폰과 자주 쓰던 물건들 다 방에 그대로 있었다고.

정말 그랬다. 민경은 마치 집에서 몸만 스윽 빠져나간 것 같았다. 사람들은 이장댁의 말을 믿지 않았다. 그들은 앞다투어 민경의 집을 찾아갔고, 이장댁이 거짓말을 하지 않았다는 걸 눈으로 직접 확인했다. 마을은 시끄러워졌다. 불안과 걱정이 뒤섞인 온갖 말들이 쏟아져나왔다. 경찰에 신고해야 하지 않을까. 아니, 미국에 있는 딸에게 연락을 해봐야 하지 않을까. 하지만 사람들은 결국 아무 조치도 취하지 않았다. 인용 때문이었다. 민경에 대해서 물을 때마다 인용은 별걸 다 물어본다는 말투로 같은 대답을 반복했던 것이다.

"아무 일도 없어."

하지만 사람들은 믿지 않았다. 인용이 뭔가를 숨기고 있다고 생각했다. 그럴 수밖에 없었다. 사람이 하루아침에 사라졌다. 평생 살아온 마을에서 갑자기 자취를 감췄다. 그런데 아무일도 없다고? 사람들이 인용을 붙잡고 질문을 퍼부을 때마다, 그들의 흥분한 목소리가 들릴 때마다 이장댁은 뭔가 이야기해주고 싶었다. 그날 본 것에 대해서, 느낀 것에 대해서.

하지만 말할 수 있는 건 없었다. 대문 앞에 서 있던 누군가에 대해서, 방에서 들려오던 소음에 대해서, 문 너머에서 아른거리던 무엇에 대해서, 그녀는 결코 말할 수 없었다. 그건 말할수 있는 것들이 아니었으니까. 솔직히, 그녀는 그것들을 어떻게 표현해야 할지도 몰랐다. 그래. 설명할 수 없었다.

다만.

그날, 민경의 집을 나섰을 때 이장댁은 인용과 마주쳤다. 인용은 대문 앞에 쪼그리고 앉아 멍하니 바닥을 내려다보고 있었다. 여전히 겁먹은 얼굴이었다. 노인의 작고 노쇠한 몸. 이장댁은 어쩐지 서글픈 느낌을 받았고, 인용의 손을 잡았다. 그리고 인용을 부축했다.

함께 언덕을 올라가는데, 인용이 그런 이야기를 했다. 1963년인가. 인용은 겨우 스물일곱 살이었지만 아이가 이미 넷이었다. 돌아서면 밥하고, 한숨 돌리면 또 밥하고, 앉았다 일어나면 또 밥을 해야 했다. 민경이 아랫집으로 이사 온 날, 그 시간에도 인용은 밥을 하고 있었다. 그러니까 그냥 얼굴만 보고 올 생각이었다. 왜냐하면 새로 온 사람이 누군지, 어떤 사람인지 파악하는 것 역시 김태수의 며느리인 인용이 하는 일이었으니까. 사랑으로. 오직 사랑의 마음으로. 하지만 민경이 인용과 동갑이라는 걸 안 순간, 살짝 시간이 멈췄다. 그때 인용은 깨달았다. 살면서 단 한 번도 동갑내기 친구를 가져본 적이 없다는 사실을. 민경도 그랬을까. 그래서 그 이야기를 해줬던 걸까. 민경이 그랬다. 기정떡은 어머니가 만들어주신 거라고. 이제 멀리 사니까, 아마 앞으로 함께 살 일은 없을 테니까, 어쩌면…… 얼굴을 볼 일 역시 없을 테니까, 어머니가 딸에게 마지막으로 만들어준 음식이라고.

거기까지 이야기하고 인용은 입을 다물었다. 이장댁은 인용의 말이 이어지기를 기다렸지만, 그런 일은 없었다. 인용을 문 앞까지 데려다주고 돌아섰을 때, 그 말만을 들었을 뿐이다.

"건강하지? 그래, 늘 건강해라."

예배가 시작되었다.

이기한 목사가 단상에 올라섰다. 그는 사람들을 내려다보았다. 설교를 시작했다. 여느 때와 다르지 않았다. 사랑에 대한 이야기. 사람들은 그의 말에 모두 "네"라고 대답했다. 박수를 쳤다. 노래를 불렀다. 그의 목소리는 깊고 웅장했으며, 모두의 마음을 꿰뚫을 것처럼 날카로웠다. 이 마을에 변치 않는 것이 있다면, 바로 목사의 목소리일 것이다. 늙지도 않고 사라지지도 않고, 앞으로도 계속 존재할 목소리. 어느덧 그의 이야기가 무르익었다. 사람들의 감정 역시 한껏 달아올랐다. 한결같은 사랑. 절대적인 믿음. 아아, 그 안에서 살아가는 삶이란 얼마나 아늑한가. 얼마나! 그리하여 사람들은 모든 걸 믿고 맡길 수 있는 것이다. 마음, 영혼, 머릿속에 머무는 그 모든 것을. 그래. 그리하여 결국 오늘도 고백의 시간을 맞이했다.

예배의 마지막 차례. 모든 것을 고백하는 시간.

사람들이 조용해졌다. 이장댁 역시 숨을 가라앉혔다. 그런데 이기한 목사가 단상 아래로 내려왔다. 사람들의 시선이 모두 그를 향했다. 그가 예배 도중 단상을 떠나는 건 처음 있는일이었다. 이장댁은 고개를 내밀어 이기한 목사를 살폈다. 이기한 목사가 사람들 쪽으로 조금 더 가까이 다가오고 있었다. 가까이. 조금 더 가까이. 이장댁은 아주 오랜만에 이기한 목사의 얼굴을 자세히 보았다. 창백한 피부와 커다란 턱. 금테안경 속에서 빛나는 형형한 눈동자.

목사가 인용 앞에 섰다. 그가 인용의 어깨를 어루만지며 다정한 목소리로 말했다.

"나쁜 생각을 하고 있나요?"

아아.

그렇구나.

나쁜 생각.

스무 살의 그날, 이장댁은 김태수 목사를 만나고 돌아와서 짐을 쌌다. 그녀가 원하는 것, 그저 원하는 사람과 삶을 함께 하고 싶다는 생각이 나쁜 것이라면, 그녀는 그냥 그 삶을 살 겠다고 생각했다. 그랬다. 그녀는 이 마을에서 사라지고 싶었 다. 사라져야 했다. 그녀가 그토록 확신에 사로잡혔던 순간은 이전에도 이후에도 없었다. 하지만 순간은, 말 그대로 순간일 뿐이다. 그녀는 짐 가방을 들자마자 자리에 주저앉았다. 그녀 에게는 갈 곳이 없었다. 돈도 없었다. 할 줄 아는 것도 없었다. 두려웠다. 물론 알고 있었다. 뭐든 하면 될 터였다. 살려고 마 음만 먹는다면 어떻게든 살게 될 것이었다. 하지만 의구심이 들었다. 그것이 과연 그녀가 진정 원하는 것일까. 그녀가 그 렇게 살 수 있을까. 무엇보다 그녀에게는 믿음이 있었다. 많 은 이들을 부담스럽게 하는 믿음. 불편하게 하는 믿음. 그녀 를 따돌리지 않고는 견딜 수 없게 만드는 믿음. 알고 있었다.

하지만 그건 그녀의 전부였다. 믿음은 그녀 자신이었다.

내가 사랑 없이 살 수 있을까?

그렇게 세월이 흘러버렸다. 하지만 그녀는 잘 모르겠다는 생각이 든다. 그건 정말로 있었던 일일까? 시간이 지날수록 기억은 희미해지고, 확신은 옅어진다. 남편이 이장으로 지목되었던 날, 그녀는 그에게 말했다. "어젯밤, 꿈에서 목사님께 굉장히 비싼 선물을 드렸어요. 그 꿈 덕분인가봐요." 남편은 놀란 표정으로 그녀의 손을 꽉 잡으며 속삭였다. "당신 왜 그래. 그건 진짜로 있었던 일이잖아."

고백하시겠습니까?

이장댁은 눈을 감았다. 꿈속에 있는 것 같았다.

지하철은 왜 샛별인가

김멜라

김멜라

2014년 자음과모음 신인문학상을 통해 작품 활동을 시작했다. 소설집 《적어도 두 번》《제 꿈 꾸세요》가 있다. 문지문학상, 이효석문학상, 젊은작가상을 수상했다.

승객 여러분께 안내 말씀드립니다. 열차 문이 닫힐 때는 무리하게 타지 마시고, 다음 열차를 기다려주시기 바랍니다. 열차 출발합니다.

기관사의 육성 안내 방송과 함께 문이 닫히자 낮은 발차음을 내며 지하철이 움직였다. 닫히는 스크린도어에 발을 밀어넣어 출발을 지연시킨 남자는 검정 배낭을 메고 승객들 틈에 서 있었다. 낡은 배낭은 봉제선이 터져 실밥이 나풀거렸고, 은색 수직 봉을 붙잡은 손은 핏물이 스며든 것처럼 손톱 사이사이가 검붉었다. 남자는 혼잡한 승객들 사이를 비집고 들어가 좌석에 앉은 한 여자 승객 앞에 섰다. 여자와 시선이 마주치자 남자는 점퍼 주머니에서 바다표범의 피부처럼 매끄러운 잿빛 야구모자를 꺼내 머리에 눌러썼다.

금요일 밤, 사당행 열차가 지하터널 속을 빠르게 달려갔다. 곡선 선로로 접어들며 열차가 허리를 비틀자 손잡이를 잡은 승객들의 몸이 한 방향으로 기우뚱 쏠렸다. 천장에 매달린 저퀴*들도 원을 그리며 흔들렸다. LED 전광판에는 또 다른 저퀴 떼가 미끄덩한 콧물 덩어리 같은 배설물과 함께 엉겨붙어 있었다. 좌석에 앉은 여자가 인중에 맺힌 땀을 닦아내고는 가방에서 유리병을 꺼냈다. 커피가 담긴 유리병 뚜껑을 열자 투명한 줄 끝에 매달린 저퀴들이 동시에 공벌레처럼 몸을 동그랗게 말았다. 귀리 껍질 같은 저퀴의 알들이 우수수 병 속으로 떨어졌다. 꿀꺽꿀꺽 여자가 무설탕 아메리카노를 들이켰다.

　곧이어 흥겨운 〈얼씨구야〉 노래가 열차 안에 울려퍼졌다. 가야금과 해금의 연주 소리가 흐르자 내리려는 승객들이 출입문이 열리는 방향으로 몸을 틀었다. 높은 쳇소리를 내며 열차가 승강장에 멈춰 섰고, 타고 내리는 승객들 틈에 잡귀들이 올라탔다.

　"쑤어나라! 쑤어나라!"

　콩깍지처럼 부풀어 있는 저퀴 주머니를 후려치며 시오가 저퀴를 쫓는 주문을 외쳤다. 날염한 민소매 티셔츠에 자홍색

---

*　저퀴:사람에게 씌어 몹시 앓게 한다는 귀신으로 제주도에서는 이 귀신을 쫓아내는 굿을 할 때 "쑤어나라! 헛쉬!"라고 소리친다.(《한국민족문화대백과》(http://encykorea.aks.ac.kr/)의 '잡귀' 편과 '잡귀 풀이' 편 참고)

홍학이 그려진 반바지를 입은 시오는 풀쩍 짐칸 위로 뛰어올랐다.

"쑤어나라, 헛쉬! 헛쉬!"

삼베옷을 입고 짚신을 신은 초구도 개구리처럼 뛰어올라 선반 위에 엎드렸다. 초구는 무릎 높이만 한 감태나무 지팡이를 휘두르며 천장에 들러붙은 저퀴를 떼어냈다. 두 잡귀는 짐칸을 기어 승객들의 머리 위를 지나갔다. 좌석에 앉은 승객의 얼굴을 살피며 기어가던 시오가 맨 끝자리에 멈춰 선반 프레임 아래로 고개를 내밀었다. 또 옴 짓을 하려는 것이었다.

"마지막까지 그래야 해?"

초구가 수평 봉에 한 손으로 매달리며 시오를 막아섰다. 시오와 초구 사이에는 숱 없는 회색 머리칼이 마른 풀처럼 엉킨 노인이 졸고 있었다. 누가 봐도 임신 가능성이 없는 승객이었다. 지하철 공중도덕을 지키지 않는 승객에게 옴을 던지는 시오는 임신부 배려석은 더 각별하게 수호했다. 임신과 무관한 승객이 핑크석에 앉으면 도마뱀처럼 긴 혓바닥으로 승객의 목덜미를 감아 옴을 묻혔다. 긴 설소대에서 나온 옴이 붙은 승객은 내려야 할 역을 지나치거나 계단을 오르다 앞사람의 가방에 이마를 맞거나 열차 안에 중요한 소지품을 두고 내렸다. 옴이 불러오는 불운은 그 정도였다.

"안 비켜? 안 비키면 다 죽인다?"

뻔한 허풍을 늘어놓으며 시오가 눈을 부릅떴다. 초구도 물러서지 않았다.

"어차피 가실 날이 얼마 안 남았어. 무릎이 쑤셔서 서 있으실 수도 없다고."

초구가 감태나무 지팡이로 노인의 무릎을 가리키며 말했다. 노인은 주름진 입술을 오므린 채 단잠에 빠져 있었다. 초구는 오늘 노인이 다녀온 단골 국숫집 얘기를 시오에게 전하며, 이대로 노인을 이촌에 사는 막내딸의 집에 보내주자고 설득했다.

"근데 왜 이건 멀쩡해, 거짓말 아냐?"

시오가 초구의 삼베 천을 벗기자 귓바퀴를 따라 구부러져 있던 초구의 촉수들이 천천히 일어섰다.

"사방이 다 저퀴잖아. 한번 묻으면 떼어내기도 힘들다고."

초구는 서둘러 굴건을 머리에 다시 쓰고는 저퀴의 배설물이 묻지 않게 천을 둘러싼 짚 끈을 동여맸다. 초상집에서 삼일 상을 치르다 온 듯한 행색의 초구는 수명이 얼마 남지 않은 승객을 알아챘다. 초구의 표현에 따르면 '저승풍이 든 사람'이라고 했다. 달팽이의 더듬이 같은 초구의 촉수가 저승의 냄새를 감지했다. 어떤 죽음은 시큼한 자두 냄새가 났고, 어떤 죽음은 다락방 먼지 냄새를 풍겼다. 어떤 죽음에선 풀물이 든 낫에서 맡을 수 있는 젖은 들판의 냄새가 났다. 머리에 달린 두 개의 촉수가 저승풍을 감지하면 초구는 눈두덩이가 붓고 입술이 부풀었다. 땅콩 알레르기가 있는 사람이 땅콩잼을 먹은 것처럼, 호흡이 빨라지면서 피부에 두드러기가 올라왔다. 심할 땐 팔다리를 떨며 쓰러지기도 했다. 굴건을 벗긴 사이 노인의 저승풍을 느낀 초구의 윗입술이 벌레에 물린 것처럼 부풀었다.

쪽.

그 입술에 시오가 입을 맞췄다.

"지하철에서!"

새된 소리를 내며 초구가 시오의 어깨를 밀쳤다. 속으로는 자기도 좋은지 이내 입가에 웃음이 번졌다. 환승역임을 알리는 〈얼씨구야〉 노래가 나오자 시오가 두 팔을 들고 어깨춤을 췄다. 두 잡귀는 마치 두 마리의 너구리처럼 서로의 등에 번갈아 올라타며 다른 칸으로 옮겨갔다. 허공을 할퀴는 듯한 바람 소리를 내며 열차가 터널을 달렸다. 단 한 번도 햇빛이 들지 않은 지하에는 저귀들이 무럭무럭 번식하고 있었다.

*

역마다 작은 표를 흡입하는 은백색의 개찰구가 있던 시절, 충무로역을 지날 때면 타고 내리는 잡귀들로 승강장이 북적거렸다. 열차의 안팎으로 눈에 보이는 무질서가 난무하던 시절이었다. 무임 승차객이나 지하도 구석에서 방뇨하는 이들이 드물지 않았고, 여자 엉덩이에 사타구니를 비벼대는 성추행범이 즐비했다. 객차 한가운데 서서 고무장갑이나 때수건을 파는 잡상인도 많았다. 좌석 위 짐칸에는 승객들이 버리고 간 여러 종류의 무가지가 수북하게 쌓였고, 촘촘한 벨벳 천이 깔린 긴 승객석에는 정체불명의 얼룩이 남아 지린내와 곰팡내를 퍼뜨렸다. 주행 종료 후 청소부가 좌석 쿠션 틈에 손을 넣고 쭉 훑으면 작은 동전 몇 개가 나오던 날들이었다.

디지털 잡귀들은 옴을 던지며 지하철의 질서를 바로잡았다. 인간이 다른 인간에게 느끼는 분노를 대신 처리해주고, 보이지 않는 저퀴의 세력을 흡수하는 지하의 액받이라고 할까. 잡귀들은 충무로역 지하 통로에 있는 '충무로 영상센터 오! 재미동'에서 흘러나온 디지털 이미지였다.

새로운 밀레니엄의 도래로 세상이 떠들썩하던 무렵, 갖가지 디지털 제품 출시와 함께 영상 산업은 호황을 누렸고, 도시 곳곳에 무료로 영화를 즐길 수 있는 영상 자료실이 들어섰다. 3호선과 4호선을 잇는 환승역이자 한국 영화의 산실인 충무로에도 역사 지하 통로에 영상센터가 개관했다. 잡귀들은 센터의 벽장을 가득 채운 DVD 자료에 곤히 잠들어 있었다. 누군가 동그랗고 납작한 디스크를 기계에 넣고 재생하면 잡귀들은 알라딘의 램프 속 정령처럼 압축 파일에서 풀려나 지하철로 향했다.

잡귀들의 생김새는 영화 속 배우들과 닮아 있었다. 그러나 겉모습만 따왔을 뿐 실제로 영화에 출연했던 사람이 죽어서 잡귀가 된 것은 아니었다. 단지 진열대에 수북하게 쌓인 옷 중에서 하나를 고르듯 영화 속 이름 없는 단역의 형상을 뒤집어썼다고 할까. 영화에 출연한 수많은 엑스트라가 잡귀의 몸이 되었다. 주인공을 지나쳐가는 행인이나 멀리서 바라보는 구경꾼, 재난이 벌어지면 떼죽음을 당하는 익명의 무리, 우르르 등장했다가 좌르르 죽어가는 졸병, 한마디로 대사는커녕 배역 이름조차 없던 사람의 형상이 귀신 중에서도 서열이 낮은 디지털 잡귀가 되어 땅 밑을 떠돌았다.

"기업주 임금 동결 같은 소리 하고 있네. 최저귀신법 제정하라!"

누군가 디지털 잡귀의 신분을 두고 왈가왈부하면 시오는 신문 사설에 나올 법한 단어를 쓰며 욕을 퍼부었다. 그러면서 지하철의 파수꾼인 디지털 잡귀는 자신과 같은 단역만 맡을 수 있다고 주장했다.

"걔들은 살아 있을 때 다 해먹어서 지하로 못 내려와."

시오는 촬영장에 개인 의자가 있는 주인공이나 단독 조명을 받아본 조연은 혼잡과 무질서가 팽배한 지하철에서 과감한 옴 짓을 할 수 없다고 했다.

시오는 '시위대 5'의 줄임말로 1995년에 개봉한 영화 〈개 같은 날의 오후〉에 출연했던 단역이었다. 생김새나 복장은 영화에서 나왔지만, 인간의 신체와는 이질적인 기관이 달려 있었다. 시오를 포함한 디지털 잡귀 모두 그랬다. 그들은 필름을 디지털화하면서 생겨난 불가사의한 잡종이었기에, 저마다 출처를 확인할 수 없는 돌연변이 형질이 접붙어 있었다. 시오가 옴 짓 할 때 나오는 도마뱀 같은 혓바닥은 브라질 아마존을 촬영한 자연 다큐멘터리 필름에서 온 것이었다. 아마도 두 개의 필름을 디지털화하면서 컴퓨터 프로그램의 악성 코드나 바이러스 같은 게 옮겨붙은 게 아닐까. 시오는 지하도의 커다란 거울 앞에 혀를 내밀고 서서 혼자 짐작해볼 뿐이었다.

영화에서 각목에 못질한 피켓을 들고 시위대로 출연했던 시오는 잡귀가 되어서도 도시 곳곳의 시위 현장으로 갔다. 시오가 몸담았던 영화 〈개 같은 날의 오후〉는 의처증이 있는 남편에게 구타당한 아내가 아파트 광장으로 뛰쳐나가며 시작된다. 100년 만에 닥친 불볕더위에 평상에 모여 수박을 먹던 아파트 여자들은 얼굴에 피멍이 든 채 맨발로 뛰쳐나온 이웃집 여자를 발견하고, 아내의 머리채를 잡고 끌고 가려는 남편을 다 같이 응징한다. 날아오는 발길질과 몰매에 기절한 그는 응급차에 실려 병원으로 향하지만 도로 위에서 급사하고 만다. 예기치 못한 살인 사건에 경찰 기동대가 출동하고, 모여 있던 여자들은 뿔뿔이 흩어지는데, 그중 도망치지 못한 여자들이 아파트 옥상으로 올라가 끝까지 경찰과 대치한다. 옥상에서 버티며 진압대와 맞서는 이들, 바로 그들이 영화의 주인공들이었다.

"나도 숙 자매를 따라 옥상으로 갔어야 했는데."

시오는 지하철을 타고 시위 현장으로 갈 때면 영화 속 숙 자매를 떠올렸다. 숙 자매는 영화에 출연한 손숙, 임희숙, 송옥숙을 일컫는 별칭으로 시오는 그들을 시위대 선배로서 존경했다. 빨랫줄에 널어둔 이불로 간이 텐트를 만들고, 빈 통에 걸터앉아 번갈아 오줌을 싸면서도, 숨 막히는 더위와 배고픔, 기동 대장의 협박에 굴하지 않는 숙 자매의 기개를 본받고 싶었다.

디지털 잡귀의 특성상 인간이 해당 영상물을 재생할 때 그 장소로 소환되었기에 시오는 여성 인권 연구자들을 자주 만났다. 국공립 도서관이나 대학교 디지털 자료실에서 논문을 읽는 사람들이 영화를 보고 참고 자료로 활용했다. 시오도 처음엔 그들의 목에 올라타 '90년대 한국 영화 속 여성 캐릭터 연구', '영화 속 가정 폭력의 재현 양상', '영화 속 유흥업 종사자는 어떻게 착취되었나'라는 주제에 골몰했다. 그러나 얼마 못 가 시오는 지하철의 덜컹거리는 세계로 돌아갔다. 거기 앉아 논문에 달린 주석도 못 될 바에야 현장에서 아스팔트 농사를 짓는 게 낫다고 했다.

"까라 그래, 썅, 나도 이판사판이야!"

시오는 영화에서 시위를 주도하는 배우 정선경의 90년대 말투를 따라 했다. 영화가 제작된 그때부터 수십 년이 지나도록 세상의 쭉정이들은 얻어맞고 도망치고 막다른 길로 내몰

리고 있다며, 시오는 숙 자매처럼 쭉정이를 지키겠다고 선언
했다. 시오는 영화에서 옥상으로 올라간 이들을 세상의 쭉정
이라 표현했다. 가정 폭력 피해자, 학대받는 노인, 술집 여성
과 트랜스젠더는 현실에서 쭉정이보다 못한 대우를 받으니
자신이 지하철과 광야에서 그들의 피울음을 대신 외치겠다
고 했다.

"자기 인생에서 엑스트라인 사람은 없다. 쭉정이도 마음 놓
고 지하철을 탈 수 있는 참세상을 만들자!"

시오는 시위 현장에서 주워들은 노래를 짜깁기해 혼자만
의 출정가를 부르며 첫차에 몸을 실었다.

시오의 하루는 바빴다. 소금땀과 비지땀을 흘리며 투쟁하
는 동지들과 어울려 가슴을 젖히며 구호를 외쳤고, 전경 버스
에 오르는 사람의 어깨에 올라타 물대포를 쏘는 진압대의 겨
드랑이를 간질였다. 시오의 얼굴은 햇볕에 그을려 새까맸고,
단발머리는 물대포에 맞아 흠뻑 젖기 일쑤였으며 쉬어터진
목소리는 쇳소리처럼 거칠었다.

그날도 시오는 3호선을 타고 안국역에서 내려 수요집회
에 참석했다. 어깨를 흔들며 〈바위처럼〉을 열창한 다음, 다
시 4호선을 타고 서울역 광장으로 가서 트랙터를 타고 상경
한 전국여성농민회 총궐기대회에 참가했다. 보리 농사 망하
고 고추 농사 조지고 남은 것은 빚더미뿐이라는 노래에 맞춰

시오는 주먹 쥔 오른손을 힘차게 뻗었다. 상자값도 안 나오는 참외를 팔아 뭐 하겠느냐며 동지들이 잘 익은 참외를 한데 모아 트랙터 바퀴로 짓밟을 땐 그 절절한 심정에 온몸이 저릿했다. 전경들 방패에 기대어 칼칼해진 목을 막걸리로 달래는 동지들의 모습에선 진한 삶의 애수를 느꼈다. 어떤 영화의 클라이맥스보다 가슴을 치는 순간이었다. 바로 그날, 시오는 얇은 천에 끈을 달아 만든 몸자보를 두른 채 충무로역으로 돌아와 오! 재미동에서 초구를 만났다.

초구는 충무로 시대의 상징인 한 영화제의 트로피를 보고 있었다. 오! 재미동으로 가는 복도에는 한국 영화를 빛낸 배우들의 캐리커처가 있었고, 벽면에 설치된 브라운관에선 영화제의 수상 소감 장면이 재생되었다. 그 화면 옆에는 몇 배크기로 확대한 트로피의 모형물이 밝은 주백색 조명 아래 영광스럽게 빛나고 있었다.

에밀레종을 들어올리는 두 사람의 금빛 형상.

초구는 그 트로피의 세계를 동경했다.

'초상집 9'라는 이름의 초구는 1996년에 개봉한 영화 〈축제〉에 출연한 보조연기자였다. 초구 역시 대본에 적혀 있지 않은 단역이었고, 영화에서 상복을 입고 사람들 틈에 앉아 잠깐 곡소리를 내다 흔적도 없이 사라지는 역할이었다.

초구는 자신의 연기 이력대로 지하철에 울 일이 생기면 누구보다 먼저 눈물이 스미고 목이 멨다. 승강장에 스크린도어가 생기기 이전, 선로에 뛰어드는 사람을 보면 초구는 저승풍을 맞아 한동안 압축 파일 속에 드러누워 끙끙 앓았다. 초구의 곡소리는 생물과 무생물을 가리지 않았는데, 한번은 차량 사무소에 정차돼 있던 전동차가 낙뢰를 맞았다는 소식에 그곳으로 달려가 열차의 하부 프레임을 잡고 통곡했다.

자신은 저승풍이나 좇는 잡귀일 뿐이라며 낮은 지팡이를 짚고 허리를 숙인 채 지하도를 오갔지만, 초구는 오! 재미동의 어느 잡귀보다 더 국제적으로 소환됐다. '장례, 전통문화, 동양의 장례식, 한국의 전통 축제'라는 키워드로 검색한 이국의 인간들이 인터넷으로 〈축제〉를 볼 때면, 초구도 칸이나 베를린으로 향했다. 특히 파리 8구역에 사는 피에르는 영화 속 상복 차림을 좋아했는데, 시신의 콧속에 솜을 넣고 삼베로 둘둘 말아 관에 넣는 장면을 몇 번이나 돌려봤다. 그날도 피에르는 자신의 매트리스 위에 누워 도시락 김을 와작거리며 염하는 장면을 감상했고, 초구는 열차 운행이 끝난 시간에야 충무로로 돌아왔다. 시차 적응으로 인한 가벼운 현기증을 느낀 초구는 트로피 조형물을 보며 지친 심신을 달래고 있었다.

"뭐야, 여자 둘이 젖을 맞대고 있네?"

크고 걸걸한 목소리에 놀란 초구가 뒤를 돌아봤다. 추레한 옷차림의 시오가 짙은 참외 향을 풍기며 서 있었다. 시오는 트로피를 보며 웃었다. 종을 들어올리는 두 사람의 가슴을 가리키면서.

이런 상스러운 잡귀가 다 있나.

초구는 대중교통 장소에서 보란 듯이 음란한 단어를 내뱉는 시오를 경멸의 눈으로 훑었다. 가슴과 등을 덮은 샛노란 몸자보에는 '생존권 투쟁'이란 글자가 핏방울처럼 선명한 붉은색으로 적혀 있었다. 날염한 민소매에 슬리퍼를 신은 차림은 집 앞에 음식물 쓰레기를 버리러 가는 여자 같았다. 격조 높은 트로피를 향해 팔을 들고 말할 땐 민소매 사이로 겨드랑이털까지 보였다. 초구는 치마저고리를 단정하게 오므리며 경망스러운 잡귀에게서 물러섰다.

"난 이만, 한국의 축제를 찾는 손길이 많아서."

초구가 뒷걸음치자 시오가 초구의 팔을 붙잡았다.

"봐, 여자 둘이 가슴을 대고 있잖아."

초구는 시오의 억센 손길을 뿌리치면서도, 자기도 모르게 시오가 가리키는 곳을 보았다. 여태껏 초구는 단 한 번도 조형물 속 형상을 여자와 여자로 보지 않았다. 그러나 시오의 말을 듣고 나니 왠지 마주 선 두 사람의 가슴과 골반이 유독 도드라져 보였다. 본래 트로피는 종을 두 손으로 떠받친 여자를 마주 선 남자가 감싸 안는 형상이었다. 그런데 시오의 확신에 찬 어조 때문인지, 그때부터 두 여자가 가슴을 맞대고 있는 것처럼 보였다.

"어디서 온 잡귀인진 모르겠지만, 이 트로피는 최고의 작품을 만든 영화인의 노고를 기리는 거야. 여자니 남자니, 그런 게 중요한 게 아니라고."

초구는 머리에 쓴 삼베 천을 바로 하며 말했다.

"금융 마피아 구조 조정 칼 빼는 소리 하네. 누가 봐도 여자랑 여잔데, 그게 안 중요해?"

시오가 말했다. 초구도 물러서지 않았다. 두 잡귀는 수상은 커녕 후보 문턱에도 못 가본 디지털 이미지였지만, 트로피 조형물 앞에 서서 논쟁을 벌였다. 그러다 나중에는 누가 영화에 더 오래 출연했는지 겨뤄보자며 오! 재미동 영상실에서 잠복을 시작했다.

두 잡귀는 〈개 같은 날의 오후〉와 〈축제〉를 보는 센터의 이용자 뒤에 서서 자신이 나오는 순간을 초조하게 기다렸다.

"여기, 여기야."

시오가 모니터를 가리키며 말했다. 영화 중반, 옥상에 갇힌 여자들을 응원하기 위해 아파트로 몰려오는 시위대 속에 시오가 있었다. 그러나 시오가 손으로 짚은 희끄무레한 점을 아무리 들여다봐도 시오의 푸석한 단발머리조차 알아보기 힘들었다.

"이것도 편집될 뻔한 거야."

시오는 폭력 남편이 아파트로 뛰쳐나올 때 자신도 같이 수박껍질을 던지고 슬리퍼로 뺨을 후려쳤지만, 개봉할 땐 다 잘

려버렸다고 했다.

"원래 작품을 만들 땐 다 그런 거야."

초구는 영화에서 좋은 연기를 했다면, 편집되어도 배우로서 만족해야 한다고 했다.

"좋은 연기가 뭔데?"

시오가 물었다. 초구가 감태나무 지팡이를 옆구리에 끼고서 말했다.

"예를 들어, 배우가 영화에서 세수한다 쳐. 보통 연기는 손에 물을 묻혀 얼굴만 닦지. 하지만 좋은 연기는 세수할 때 얼굴이랑 목을 닦고 코까지 팽 푸는 거야."

초구는 드러나지 않는 세상의 이면까지 담아내는 게 좋은 연기이자 배우의 본분이라고 했다. 카메라에 찍히지 않을 걸 알면서도 진심으로 망자를 위해 울었던 〈축제〉 속 자신처럼.

"저기 뒤통수, 저게 나야."

초구가 저고리를 앞섶을 손으로 지그시 누르며 말했다. 영화의 오프닝, 상복을 입을 사람들이 줄지어 서서 망자의 사진 앞에 절하는 장면이었다. 영정 앞으로 상복 입은 남자들이 쫙 자리 잡았고, 여자들은 그 뒤에 서서 남자들의 엉덩이에 대고 절했다. 그 대열의 끄트머리에 선 초구는 렌즈 밖으로 밀려나 삼베 천을 쓴 뒤통수마저 삼각형으로 잘려 있었다.

"여자는 앞줄에 가지도 못하네."

시오가 말하자 또 그 소리냐는 표정으로 초구가 고개를 흔들었다.

"봐, 남자들은 절하고 향을 피우는데, 여자는 전 부치고 음식만 나르잖아."

시오는 이런 고릿적 악습은 여농회 남부지부장의 트랙터로 깔아뭉개야 한다고 말했다. 초구가 감태나무 지팡이로 바닥을 내리치며 명작 앞에서 입조심하라고 호통쳤다.

"같이 시루떡이나 먹으러 갈래?"

영화의 재생 시간이 절반도 채 지나지 않았을 때 시오가 말했다. 시오는 각목 끝으로 삐져나온 나무껍질을 뜯으며 수줍은 듯 얼굴을 붉혔다. 같이 시루떡을 먹으러 가자는 말은 잡귀들 사이에서 데이트 신청이나 다름없었다. 쌍둥이별을 꿈꾸는 '손님 잡귀'가 '발님* 잡귀'에게 건네는 말. 그때만 해도 초구는 시오가 자신의 쌍둥이별이 되리라 생각지 못했다. 저렇게 무식한 잡귀가 귀하신 마마님을 알까. 그렇게 생각하면서도 어느새 초구는 시오와 유실물 센터 선반에 등을 대고 앉아 싸리 바구니에 담긴 시루떡을 나눠 먹었다. 초구는 떨어지는 팥고물을 점잖게 손으로 받치며 떡을 오물거렸다.

"너랑 나랑은 종을 들 수 없는 거 알아?"

끈적한 눈길로 초구의 삼베 천을 어루만지며 시오가 말했

---

* '손님(手)'이란 말이 있다면 '발님(足)'도 있었을 거란 아이디어는 《샤먼문명》(박용숙, 소동, 2015, 463쪽)을 참고했다.

다. 종을 든다는 것은 마마님을 만나 귀신의 문으로 들어간다
는 뜻이었다. 디지털 잡귀는 디스크 파일이나 인터넷 주소에
묶여 있는 자신들을 풀어줄 마마님을 만나고 싶어 했다. 마마
님의 인도로 귀신의 문에 들어가 옴 짓도, 소환도 없는 해방
세상으로 가는 게 잡귀의 꿈이었다.

충무로역 오! 재미동에 사는 잡귀는 마마님을 만나는 것을
'종을 들어올린다'라고 말했다. 영화제 트로피의 에밀레종을
뜻하는 말이었다. 국회도서관 디지털 센터의 잡귀는 금배지
달고 의사봉을 때린다고 했고, 대학 도서관 디지털 미디어룸
에선 '올 에이플'을 맞아 장학금을 탄다고 했다. 표현이야 어
떻든 디지털 잡귀는 쌍둥이별과 함께 마마님을 만나 천문으
로 들어가길 원했다.

"같이 마마님 찾으러 갈까?"

유실물 센터를 나서며 시오가 말했다. 이 잡귀는 날 뭐로
보고 이러는 걸까. 초구는 입가에 팥고물이 묻은 시오를 보
며 생각했다. 시오와 일정한 거리를 둔 채 지하도를 걸으면서
도 시오가 하는 말에 초구의 촉수들이 반응했다. 시오가 왜
발님과 발님은 쌍둥이별이 될 수 없느냐고 물을 땐 디지털 생
애 처음으로 촉수가 환한 빨간색으로 달아올랐다. 베옷을 입
은 죄인은 몸에 지녀선 안 될 발칙한 색이었다. 게다가 귀신
의 문은 손님 잡귀와 발님 잡귀가 짝이 되어 들어가는 게 당
연했다. 아닌가? 초구는 자신의 쌍둥이별을 찾아 나서진 않

았지만, 쌍둥이별이 되는 그 기준에 큰 불만이 없었다. 마마님을 만나게 될 거라는 허황한 꿈도 꾸지 않았다. 어디서 어떻게 마마님이 나타나는지 아무도 모르니까. 그런데도 시오는 자신이 마마님을 만나는 방법을 아는 양 초구에게 같이 종을 들어올리자고 했다. 매일 열차 운행이 끝나면 오! 재미동 복도에 서서 초구를 기다렸다. 시루떡 사줄까? 우리 같이 쭉정이연대 만들래? 같이 긴 밤 지새울래? 너랑 나랑 바위처럼 살지 않을래?

초구는 그게 뭘 하자는 건지 알 수 없었다. 하지만 바위처럼 살자는 말은 좋았다. 시련 속에 자신을 깨우쳐가며 세상의 주춧돌이 되자는 노래. 시오가 그 노래를 부르며 어깨춤을 출 땐 무슨 일인지 시오의 자홍색 홍학 바지도 영화 속 주인공의 옷처럼 특별해 보였다.

그날 이후 시오와 초구는 쌍둥이별처럼 붙어 다니며 지하철에서 옴을 던졌다. 그리고 얼마 뒤 처음으로 초구가 저고리의 옷고름을 푼 날, 시오는 초구에게 팔베개를 해주며 말했다.

"발님과 발님도 트로피를 들 수 있어야 해."

발 빠짐 주의

발 빠짐 주의

발 빠짐 주의

열차가 문을 열자 하차객과 승차객이 뒤엉키며 승강장이
아수라장을 이뤘다. 마치 탱고 스텝을 밟듯 바닥의 빈틈을 찾
아 빠르게 발을 뻗은 사람들이 사방으로 엇갈렸다. 겉으로는
다른 사람과 시선을 마주치지 않은 채 무표정했지만, 속으로
는 서로를 향한 독한 말을 내뱉고 있었다.

내린 다음에 타라, 내린 다음에 타라고! 빨리 내려 이 새끼
야, 문밖으로 꺼져!

저퀴는 승객이 품은 그 감정을 먹고 자라났다. 본래의 청록
색 광택이 사라진 타일 벽에도, 천장의 환기구와 가파른 콘크
리트 계단에도 인간의 악의를 먹고 번식한 저퀴들이 가득했
다. 저퀴가 열차와 지하도에 뿜어낸 가느다란 줄을 연결하면
도시의 지하철 노선을 모두 왕복할 수 있을 정도였다.

한편 저퀴의 알이 들어간 커피를 마시던 여자가 좌석에서
일어나자 잿빛 모자가 그 빈자리에 앉았다. 잿빛 모자는 해진
배낭을 짐칸에 올리고는 팔짱을 낀 채 눈을 감았다. 핑크색
노인은 잠에서 깨어 휴대전화를 무전기처럼 붙들고 통화했

다. 거의 다 와간다고, 어디냐고? 거의 다 와간다니까! 왜 이렇게 크게 말하냐고? 내 목소리가 뭐가 커!

블루투스 이어폰을 껴도 새어드는 노인의 목소리에 승객들은 기계의 음량을 높였다. 상단 봉에 줄을 감은 저퀴들이 비정형의 몸을 꿈틀대며 노인에게 몰려들었다.

"잘 안 들려서 그런 거야. 너희도 늙어봐. 늙어보라고!"

초구가 감태나무 지팡이로 저퀴들을 쳐내며 소리쳤다. 시오는 짐칸에 앉아 다리를 아래로 내려뜨린 채 발을 까딱였다.

"그만하고 올라와. 영화 시작해."

시오가 팝콘을 먹듯 시루떡 끝을 뜯어먹으며 말했다. 열차가 강 위를 가로지르는 순간이 다가오고 있었다. 두 잡귀가 삼도천으로 떠나야 할 시간이기도 했다. 귀신의 문을 열지 못한 잡귀는 삼도천으로 가야 했다. 오! 재미동에 사는 디지털 잡귀 중에선 시오와 초구만이 남아 있었다. 두 잡귀도 깊은 강바닥에 가라앉아 다가올 재난을 피해야 했다. 피부로 스며드는 저퀴의 타액에 파묻힐 바에야 하수 폐기물 사이에 잠들어 있는 편이 나았다.

옴을 던지며 놀던 디지털 잡귀들이 하나둘 지하철을 등지기 시작할 즈음, 전동차도 잦은 고장을 일으켰다. 어느 날은 출퇴근 시간의 열차가 승강장의 정차선을 한참이나 벗어나 정차했다. 또 어느 날은 스크린도어와 출입문의 연동장치가 말썽을 부렸고, LED 전광판의 글자가 깨져 기괴한 모자이크 형상을 만들었다. 직교류 변환 구간이 아님에도 객차 안 전류가 끊겨 승객들은 몇 분간 캄캄한 폐쇄 공간에 갇혀 공포에 떨기도 했다.

절연체 문제일까. 변환설비나 견인전동기의 문제일 수도 있었다. 전문가들은 레일 결손이나 선로 신호기의 오작동 상황을 꼼꼼히 살폈으나 고장의 원인을 뚜렷이 밝혀내지 못했다. 그들은 무엇보다 노후한 열차의 탓이 크다고 여겼다. 누군가는 열차들이 단체로 파업하고 있는 게 아니냐며 농담했다. 틀린 말은 아니었다. 아무 감정 없이 역과 역 사이를 오가던 도시의 전동차는 어딘가 탈진한 듯 보였다. 같은 시간, 같은 장소에 다다르는 의무에 지쳤다는 듯 열차는 출입문을 닫은 채 출발하지 않았다.

늘어가는 저퀴의 수에 일 맛을 잃은 잡귀들도 옴을 던지는 일을 그만두었다. 이전과 비교하면 잡상인이나 성추행범은 줄어들었고 열차 내부도 세련되고 깨끗해졌지만, 보이지 않는 살기가 지하철을 앞으로 나가지 못하게 했다. 그 소리 없는 인간의 감정은 사라지지 않고 남아 흔적을 쌓아갔다. 저퀴의 지독한 타액에 신체가 손상되면서도 잡귀들은 인간을 원망하지 않았다. 보이지 않는 마음으로 누구를 좀 미워한다고 해서 그게 큰 잘못인가?

하지만 늘어가는 저퀴에 시달리던 잡귀들은 환승 통로에

모여 대책 회의를 열었다. 지하철에 남아 끝까지 옴을 던져야 한다는 소수파와 삼도천으로 내려가 최악을 피하자는 다수파가 맞섰다. 다수파는 우리의 한계를 인정하고 각자 자신의 고통을 외면하지 말자고 했다. 아무리 디지털에서 나온 이미지일지라도 우리의 내면이 저퀴에 의해 파괴되고 있는 걸 느끼지 않느냐며 침통한 목소리로 호소했다. 더불어 잡귀 따위는 인간의 마음을 바꿀 수 없다는 현실을 직시하자고 했다.

그날부터 잡귀들은 오! 재미동의 영상 자료실로 돌아가지 않았다. 시오와 초구는 잡귀들이 떠난 빈 디스크 자료를 세어 보며 삼도천을 떠날 날을 하루이틀 미뤘다.

"빨대로 컵 밑바닥을 빨아들이는 소리 같아."

짐칸에 나란히 앉은 시오와 초구가 열차의 마지막 구동음을 감상했다. 시오는 입술을 모아 빨대로 공기를 빨아들이는 소리를 흉내 냈다.

"아냐, 우주선이 이륙하는 소리야."

초구가 손등을 펼쳐 날아가는 우주선의 궤적을 만들었다. 그런 다음 시오의 손가락에 깍지를 끼었다.

"이 영화는 어떻게 끝나지?"

초구가 물었다. 시오는 까만 눈동자를 빛내며 말했다.

"둘이 행복하게 오래오래 살지?"

"어디에서? 삼도천에 빠지면 우린 어디로 가는 거야?"

"어디로 가든 너랑 있으면 나한텐 그게 해피엔딩이야."

시오가 눈물 자국이 마를 날 없는 초구의 뺨을 어루만지며 말했다.

"삼도천은 지하도보다 훨씬 깊고 어둡대."

초구의 말에 시오가 마주 잡은 다섯 손가락에 힘을 줬다.

"그런 샛바람에 내가 떨 것 같아?"

시오는 〈얼씨구야〉 리듬에 맞춰 다리를 흔들었다. 열차가 감속하며 승강장에 들어서자 잿빛 모자가 출입문으로 걸어 갔다. 핑크석 노인이 남자를 향해 말했다. 아저씨, 저 배낭, 아 저씨 거 아니오? 잿빛 모자는 검버섯이 핀 노인의 얼굴을 물 끄러미 보더니 대꾸도 없이 열차에서 내렸다. 출입문이 닫히 자 남은 승객들이 선반 위 배낭을 올려다보다 다시 자신의 스 마트폰으로 고개를 숙였다.

저승풍.

초구의 입술이 부풀었다.

"저기서 부는 거야?"

시오가 맞은편 선반을 가리키며 물었다. 순식간에 눈두덩 이가 부어오른 초구가 고개를 젖힌 채 숨을 헐떡였다. 심상 치 않은 저승풍이었다. 초구의 목덜미에 붉은 반점이 올라 왔다. 시오가 맞은편 선반 위로 점프해 발을 뻗어 배낭을 건 드렸다. 아무 반응이 없었다. 시오는 천천히 배낭을 열었다. 지퍼가 열리고 배낭 안이 드러나자 강한 돌풍이 불어 초구의 삼베 천을 벗겨냈다. 초구의 촉수가 두 개의 끝을 맞댄 채 파르르파르르 떨었다. 검은 비닐의 매듭을 풀고 비닐 안에 손을 넣자 녹슨 낫에 가슴을 찍힌 것처럼 시오가 숨이 멈췄다. 새끼 고양이의 벌어진 목덜미에서 비명이 새어나오는 것 같았다. 그 순간 열차는 터널을 빠져나와 지상으로 올라섰다.

*

한강을 가로지르는 철교를 지날 때면 시오와 초구는 열차 밖으로 머리를 내밀었다. 달리는 열차에서 도시의 하늘을 바라보면 영화 속 풍경으로 들어간 것 같았다. 어느 날은 강기슭에 높이 선 빌딩들 사이에 햇무리가 떠올랐다. 해님을 둘러싼 둥근 빛살이 꼭 연인의 반지 같아서, 시오와 초구는 햇살을 향해 팔을 높이 들었다. 어느 밤에는 애드벌룬 같은 핑크빛 보름달이 캄캄한 밤하늘에 떠 있었다. 시오는 강한 빛으로 눈을 마주치지 못하게 하는 태양보다 은은한 달빛이 더 좋았다. 늘 정해진 시간을 지키며 보름에서 그믐으로 변하는 달님은 지하철의 성실함을 닮은 것 같았다. 한밤중 고요한 한강을 지날 때면 강물이 몸을 뒤척이는 소리가 들리는 듯했다. 다리 아래로 일렁이는 검은 물결, 물속을 헤엄쳐 가는 심해어 같은 자동차 헤드라이트. 눈을 감으면 수면 밖으로 튀어오르는 물고기의 숨소리까지 느낄 수 있었다.

하늘색!

열차가 하늘색 교량과 교량 사이를 빠르게 지날 때 시오와 초구는 자긍심이 밀려들었다. 자신들이 지키는 지하철 노선의 상징색이 하늘색이란 게 자랑스러웠다. 승객들이 밟고 선 바닥에도, 열차의 바깥 프레임에도 하늘색 선이 길게 이어져 있었다. 시오와 초구는 도시의 강바람을 맞으며 열차의 하늘색 띠를 바라봤다. 저퀴의 배설물이 열차를 뒤덮기 전까지는 그랬다. 그러나 이제 시오와 초구의 영화도 마지막 장면으로 접어들어야 했다.

초구는 감태나무 지팡이를 내려놓고서 시오에게 고양이를 받아 안았다. 연한 갈색 털에 흰 줄무늬가 있는 새끼 고양이었다. 심장은 이미 멈춘 것 같았고, 상처를 따라 흐른 진물에 검은 비닐 조각이 달라붙어 있었다. 초구가 고양이의 등에 이마를 대고 눈을 감자 초구의 촉수가 작은 원을 그리며 녹색 빛을 냈다. 시큼한 자두의 멍든 부분을 입으로 베어내 버리듯, 다락방의 먼지를 쓸어내듯, 초구의 촉수가 고양이의 상처 가까이에 다가가 빛을 뿜었다. 초구는 계속 눈을 감은 채 상상했다. 젖은 풀대 사이를 뛰어노는 갈색 새끼 고양이, 바람이 부는 쪽을 향해 서서 뾰족한 두 귀를 쫑긋거리는 작은 고양이.

"살아났어, 눈을 떴어!"

시오가 소리쳤다. 초구의 손에 머리를 댄 고양이가 실금 같은 눈을 뜨고 꼬리 끝을 둥글게 말았다. 초구가 살며시 콧등을 어루만지자 고양이의 푸른색 눈동자가 커졌다. 살아난 게 아니라 고양이의 영혼이라고 초구가 말했다.

"데려가자."

초구의 말에 시오가 고개를 끄덕였다. 고양이를 안은 초구가 일어서자 시오가 먼저 열차 밖으로 발을 뻗었다. 빛줄기를 가로지르듯 시오의 몸이 단단한 차체를 통과해 밖으로 나갔다. 곧이어 초구가 몸을 빼냈지만, 품에 안은 고양이 때문에 팔이 걸려 나오지 못했다.

"내가 안을게."

시오가 고양이를 받아 안았다. 이번엔 초구가 먼저 열차 밖으로 나가고 시오가 뒤따랐으나 역시 고양이를 안은 팔이 빠져나가지 못했다.

yaooomm

갈색 새끼 고양이가 시오를 올려다보며 울었다.

"고양이는 안 되나 봐."

초구가 솜털이 난 고양이의 귀 뒤를 조심스럽게 어루만지며 말했다.

"디지털이 아니라서 그런가."

시오가 고양이를 데려갈 방법을 궁리하며 손에 든 고양이를 조금 들어올렸다. 흰 안경테를 쓴 것처럼 눈 주위에 하얀 털이 난 고양이가 yaooomm 하고 울었다.

"어쩔 수 없어. 우선 가자."

초구가 시오의 손을 잡았다. 지금 가지 않으면 다음 그믐달이 뜰 때까지 기다려야 했다. 그때까지 시오와 초구가 지하철에서 버틸 수 있을지 알 수 없었다.

"내가 가면 핑크석은 누가 지켜?"

시오가 말했다. 시오는 팔에 안은 고양이의 머리를 쓰다듬었다.

"장난칠 시간 없어. 빨리 가야 해."

초구의 목소리가 떨렸다. 초구는 시오와 눈을 마주치지 않은 채 고양이를 만지는 시오의 손길만 내려다보았다.

"네가 그랬지? 좋은 연기는 보이지 않는 부분까지 표현하는 거라고. 세수하는 장면에선 얼굴이랑 목을 닦고 코까지 팽 푸는 거라고. 나도 숙 자매랑 같이 옥상으로 가고 싶었어. 나도 끝까지 남아서 좋은 연기를 하고 싶었다고."

시오가 초구의 삼베 천을 어루만졌다. 천의 솔기를 접어 물결무늬를 만들고는 빙긋 웃었다.

"우리 여기 남아서 좋은 연기를 하자. 너랑 나랑 야─옴─이랑."

시오의 말에 초구가 고개를 저었다.

"이건 영화가 아니야. 우린 연기를 하는 게 아니라고."

"그럼 더 좋아. 결말이 정해져 있지 않은 거잖아."

시오가 한쪽 팔로 초구의 어깨를 끌어안았다.

"바보야, 우리가 어떻게 바꿔."

초구가 눈물이 스민 얼굴을 숙이자 시오가 초구의 입술에 쪽 하고 입을 맞췄다.

"그건 뿌리가 얕은 갈대들이나 하는 말이야."

yaooomm

초구가 밤의 한강을 돌아보았다. 그러고는 고양이를 받아 안았다. 시오가 간지럼을 태우듯 고양이의 흰 줄무늬를 손끝으로 따라가며 말했다.

"트로피는 필요 없어."

빨대로 컵의 밑바닥을 빨아들이는 소리를 내며 열차가 역으로 들어섰다. 문이 열리자 객차 안 승객들이 서둘러 밖으로 빠져나갔다. 객실 내 전등과 함께 열차의 모든 기계 작동이 멈춘 상태였다. 열차의 등뼈를 타고 흐르던 고압 전류가 끊기고 쇳소리를 내며 달리던 바퀴축도 정지했다. 기관사가 본부로 연락을 시도했지만 통화선도 연결되지 않았다. 저퀴들은 사람들의 피부에 스민 채 지상으로 퍼져갔다. 빈 열차엔 새끼 고양이와 두 발님만 남아 있었다. 시오와 초구는 역사의 지붕 밖으로 나가 밤하늘의 그믐달을 보았다.

열차 운행이 끝난 지하도처럼 어둡고 적막한 하늘.

그리고 달.

　　후 불면 날아갈 것 같은

　　　알파벳 C 같은 달.

yaooomm

두 발님이 허공으로 떠올랐다.

yaooomm omm om m

우주선이 이륙하듯 신비로운 바람 소리를 내며 시오와 초구가 떠올랐다. 이 새끼 고양이가 우리의 마마님일까. 초구가 고양이를 높이 들어올리고, 시오가 초구의 허리를 팔로 감쌌다.

"세상에서 제일 멋진 종소리야."

초구가 고양이를 올려다보며 말했다. 두 잡귀는 별님과 별님이 마주 보듯 달과 마주 서서 고양이의 옴 소리를 들었다. 저 아래 선로에는 열차가 천천히 일어서고 있었다. 엎드려 있던 지하철이 등과 허리를 세우고 밤하늘을 향해 수직으로 섰다. 그 순간 밤의 강물은 어둠 속에서 잠시 흐름을 멈춘 듯 보였고, 초구와 시오는 가볍게 허공을 딛고 서서 지하철이 일어서는 걸 내려다보았다. 열차는 빠르게 솟아올라 하늘에 빛줄기를 그었다. 열차가 지나간 길을 따라 붉고 어스름한 새벽빛이 번져갔다. 이제 도시는 조금씩 밤의 길이가 길어질 예정이었다. 조금씩 밤이 길어질 시간이었다.

소공

서장원

서장원

2020년 동아일보 신춘문예에 당선되며 작품 활동을 시작했다. 소설집 《당신이 모르는 이야기》가 있다.

호정은 명동역 2번 출구를 오르며 명동을 찾지 않은 지 얼마나 되었나 셈해보았다. 대학을 졸업한 해에는 명동에 몇 번 갔었다. 대학 동기 몇 명과 명동의 오래된 카페에서 비엔나커피를 마신 적이 있다. 정연도 명동에서 한 번 만났다. 두 사람이 각자의 첫 직장에 막 입사했을 무렵이었다. 그렇다 해도 18년 혹은 19년쯤, 호정은 명동을 찾지 않았다. 그건 명동역에서 내려 학교로 올라가는 익숙한 길을 새카맣게 잊어버릴 정도로 긴 시간이었다. 호정은 지하철 출구로 나가자마자 음식을 파는 포장마차들이 길 한가운데 나란히 서 있는 모습을 봤다. 예전에는 볼 수 없었던 풍경이다. 호정의 기억 속 명동은 레코드 가게와 문예서림이 있는, 세기말 분위기를 풍기는 오래된 번화가로만 남아 있었다. 호정은 정연도 아마 비슷할 거라고 생각했다. 정연을 보는 것도 아주 오랜만이었다. 정연은 재작년에 호정의 소설집을 샀다고 문자메시지를 보냈었는데, 그때가 호정과 정연이 마지막으로 연락을 주고받은 날이었다. 두 사람은 곧 한번 보자고 얘기했지만, 어른들의 일이 대개 그렇듯 정말로 만나지는 않았다.

정연은 약속 시간보다 5분쯤 늦게 도착했다.

"이제 계단을 오르면 무릎이 아파."

긴 계단을 올라서 명동역 2번 출구로 나온 정연이 말했다. 정연은 많이 달라진 것이 없었다. 머리를 길러서 묶은 모습이 조금 더 단정해 보일 뿐, 얼굴도 체형도 특유의 나른한 분위기도 예전과 다르지 않았다. 변한 것이 없다고 호정이 말하자 정연은 킬킬대면서 호정의 어깨를 두드리며 웃었다. 그 버릇도 그대로였다.

"근데 기억이 나겠어? 여기 너무 변했다."

정연이 주변을 둘러보며 말했다.

"그러게. 그보다 그 할머니가 아직도 영업을 하실지 모르겠다."

호정이 대답했다. 두 사람은 전철역 근처의 국숫집에서 간단히 점심을 먹은 다음 본격적으로 점집을 찾아 나섰다.

정연이 자신에게도 '그것'이 생긴 것 같다며 호정에게 점집의 이름과 위치를 물은 건 지난주 주말이었다. 20년 전, 두 사람은 그곳에 함께 간 적이 있었다. 그때는 지금과 반대로 호정이 점을 봤고, 정연이 동행했다. 점집은 명동 번화가에서 벗어난 골목에 있었다고 호정은 기억했다. 누군가로부터 용한 점집이 있다는 것을 전해 듣고 찾아갔던 것인데, 점집을 알려준 사람이 누구인지는 기억나지 않았다. 대학 선배였거나, 그렇지 않다고 해도 호정보다 나이가 좀 더 많은 사람이었을 것이다. 다만 '그런 곳'에 가봐야 하지 않겠냐고 조언해준 사람은 분명히 기억했다. 정연이었다. 정연은 혼자 가기 무섭다면 자신도 함께 가겠다고 말했고, 정말 그렇게 해주었다. 그리고 이번에는 정연이 호정에게 그곳의 위치를 물었다. 호정은 점집의 주소는 까마득히 잊어버렸지만, 그래도 다시 간다면 감으로 그곳을 찾을 수 있지 않겠냐고 답장했다.

물론 문제는 더 있었다. 감으로 점집을 찾으려면 출발점부터 길을 되짚어야 할 터였고, 그러려면 학교에서부터 길 찾기를 시작해야 했다. 그런데 두 사람이 졸업한 이후, 모교가 경기도로 이전해버렸다. 다행히 학교 건물은 헐리지 않고 극장으로 쓰이고 있었지만, 두 사람은 거기서부터 어느 쪽으로 내려가야 할지 방향을 잡지 못해 쩔쩔맸다. 당시에는 학교가 있는 언덕에서 명동 번화가로 내려가는 길이 딱 하나뿐이었고, 그 길을 따라 작은 술집과 카페 들이 몰려 있었다. 이제는 어느 방향으로 가도 상점들이 즐비한 거리가 나왔다. 우선 내려가보자. 호정과 정연은 다시 언덕을 내려갔다. 습하고 후텁지근한 바람이 불어서 두 사람의 머리를 헝클어놓았다.

"넌 이제 괜찮아?"

정연이 호정에게 물었다. 호정은 고개를 가로저었다. 점집에 다녀와 '그것'을 처리한 뒤로 호정은 그럭저럭 잘 지냈지만, 그렇다고 완벽하게 괜찮아진 것은 아니었다. 요즘에도 호정은 종종 그것의 존재를 느꼈다. 왼쪽 어깨 위에 앉아 있는, 놀라울 만큼 무거운 그것을. 드물게 그것이 등장하는 꿈을 꾸기도 했다. 그런 날이면 온종일 어깨가 아팠다. 점집을 기억하느냐는 정연의 문자메시지를 받은 날도 그랬다.

"그래도 거의 없어졌어. 거기 다녀온 뒤로."

정연이 고개를 끄덕거렸다. 밥을 먹고 언덕을 오르내리는 내내, 호정은 무슨 일이 있었던 건지 정연에게 한번 물어봐야 할까 고민했다. 그러면서도 정연이 모른 척해주길 바랄지도 모른다는 생각에 입을 다물고 있었다. 예전 같으면 고민하지 않고 물어봤을 것이다. 두 사람이 스물두 살이었던 시절이었다면. 그러나 두 사람은 이제 마흔이 넘었고, 만나지 못한 세월은 어느새 10년 가까이 쌓여 있었다.

호정과 정연은 땀을 흘리며 다시 명동으로, 대형 화장품 매장이 들어서 있는 사거리로 돌아왔다. 코로나19 때문인지 거리는 다소 한적했다. 호정은 언제나 사람들로 붐비던 예전의 명동을 떠올렸고, 그게 다 옛날 일이라는 것을 실감했다.

"명동 다 죽었네."

호정이 말하자 정연은 그걸 이제 알았냐며 웃었다. 그러곤 호정의 어깨를, 아프지 않은 오른쪽 어깨를 툭 쳤다.

"수술은 혼자 했어?"

호정이 묻자 정연은 고개를 끄덕였다.

"이제 그 정돈 혼자 해야지."

호정은 정연이 말한 '이제'가 무슨 뜻일지 생각했다. 나이가 들었으니 그 정도 일은 혼자 할 수 있어야 한다는 것인지, 요즘 세상에서는 임신 중절 수술이 별것 아니라는 것인지 헷갈렸다. 어느 쪽이든 호정은 그 말에 완벽하게 공감하기가 어려웠다. 혼자 겪기에 그 일은 좀 고약한 데가 있었다. 정연이 다시 말했다.

"한동안은 정말 아무렇지 않았어. 그런데 지난달부터인가, 왼쪽 어깨가 너무 아프더라고. 병원에선 오십견이 일찍 온 거라고 하는데 난 왠지 아닌 것 같아서."

"거기만 찾으면 다 해결될 거야. 그 할머니 아주 용하잖아."

"맞아. 첫눈에 우릴 알아봤으니까."

호정의 말에 정연이 공감했다. 두 사람은 다시 한번 휴대전화를 켜고는 오래전 함께 걸었던 길을 골똘히 들여다보았다.

호정과 정연이 '할머니'를 찾아간 건 20년 전의 일이었다. 호정은 그날의 고통을 선명하게 기억했다. 두 사람은 그날도 지금처럼 길을 제법 헤맸는데, 요즘처럼 휴대전화로 주변 지도와 제 위치를 파악할 수 없던 시절이니 당연했다. 비슷한 거리를 걷고 또 걸으면서, 호정은 점점 더 무거워지는 그것을 느꼈다. 그것의 무게에 짓눌려 몸의 균형은 왼쪽으로 기울어졌고, 척추와 골반이 뒤틀리는 듯했다. 더운 날이 아니었는데도 호정은 땀을 비 오듯 쏟았다. 두 사람은 앉을 수 있는 곳이 보일 때마다 걸음을 멈추었다. 어느 순간에는 정연이 호정의 어깨를 두들겨주기도 했다. 호정은 그때까지만 해도 그다지 친한 친구가 아니었던 정연의 손길이 부담스러웠지만, 정연을 등지고 있다는 데에서는 약간의 편안함을 느꼈다. 같이 걷는 동안에는 고맙고 미안하면서도 어색한 마음에 정연의 눈을 똑바로 바라보지 못했다. 정연을 알기 전까지, 호정은 누군가에게 그런 호의를 받아본 적이 없었다. 첫 번째 연인이자 그것을 호정의 어깨 위에 올라타게 만든 남자조차 그랬다. 그는 언제나 호정에게 정량의 애정만을 베풀었고 그 이상은 제공할 수 없다는 것을 말과 행동과 눈빛으로 분명하게 드러냈다.

호정이 기억하기로 점집은 명동 뒷골목 건물에 있었다. 1층에 보세 옷가게가 있고 그 위층은 전부 주거용으로 사용되는, 높이가 3층 혹은 4층인 낮은 건물이었다. 점집은 2층이었다. 계단으로 통하는 건물 입구에는 골판지에 적은 간단한 간판이 붙어 있었는데, 아마 천신암이나 연화암 정도 되는 말이었을 것이다. 호정은 그 간판을 읽자마자, 어깨와 팔을 잇는 관절로 파고드는 한층 더 날카로운 통증을 느꼈다. 통증은 견갑골 쪽으로 빠르게 퍼져나갔다. 아직 여물지 않은 작은 손이 근육 사이를 헤집는 것 같은 불쾌하고도 고통스러운 감각이었다. 호정은 입술을 깨물며 정연을 따라서 계단을 올랐다. 2층으로 올라가자 두 개의 문이 보였고, 오른쪽 집은 문이 열려 있었다. 호정과 정연은 바로 그 집이 자신들의 목적지라는 것을 알아차렸다. 두 사람이 실내로 들어가자 '할머니'가 방에서 나왔다. 돌이켜보면 할머니라고 불리기에 여자는 너무 젊었다. 나중에 정연은 여자가 쉰 살도 되어 보이지 않았다고 말했다. 어쩌면 마흔 살 안쪽이었을지도 몰랐다. 쪽을 진 머리에 한복을 차려입고 있어 더 나이 들어 보였을 것이다. 그러나 여자는 자신을 꼭 할머니라고 불렀다. 할머니는 손을 뻗어 호정을 콕 집었다.

"젊은 애가 아가를 업고 왔네."

할머니는 지금은 다른 사람이 먼저 와 있으니 거실에 있는 소파에 앉아서 좀 기다리라고 말하고는, 본격적으로 점사를 보는 방에 다시 들어갔다. 물론 이렇게 생각할 수도 있다. 젊은 여자 둘이 점집을 찾아온다면 사연이야 빤한 데다, 통증으로 얼굴이 상한 쪽은 정연보다는 호정이었을 거라고. 그러나 그 가능성을 다 따져보고 나서도 호정은 왠지 할머니가 자신의 어깨 위에 있는 그것을 단번에 알아봤다는 쪽으로 마음이 기울었다.

호정이 그것을 처음 본 것은 중절 수술을 마치고 퇴원한 다음, 그때까지 동행했던 정연이 자취방을 떠난 직후였다. 호정은 설핏 잠이 들었다가 누군가 문을 두드리는 소리를 듣고 잠에서 깨어났다. 그러고는 어둑한 창밖에 붙어 있는 조그맣고 노르스름한 무언가를 발견했다. 처음에는 그것을 고양이라고 오해하곤, 붙잡거나 디딜 곳이 없는 창에 어떻게 붙어 있는 것일까 생각했다. 하지만 이내 그것이 고양이가 아니라는 것을, 아주 작은 인간이라는 것을 깨달았다. 잠기운 때문이었을까. 처음에 호정은 그것이 무섭지 않았다. 그것은 어떤 점성이 있어서 창문에 들러붙을 수 있는 것 같았다. 호정은 창을 열어서 그것을 떼어내려고 했다. 그러나 호정이 창을 여는 순간, 그것은 놀랍도록 빠른 속도로 호정에게 달려들었다. 그것은 아직 손가락이 분리되지 않은 작은 손으로 호정의 머리카락을 움켜쥐었고, 조그만 엉덩이를 호정의 어깨에 붙였다. 그런 다음에는 호정이 아무리 몸부림을 쳐도 떨어지지 않았다. 그 시절 호정은 그것을 지고 걷거나 서는 일이 고통스러워서 자주 누워 있었다. 자취방에서 혼자. 그러다 잠이 들곤 했고, 잠에서 깨면 어둠 속에서 머리맡에 앉아 있는 그것의 존재가 분명하게 느껴졌다.

처음에 호정은 그것이 귀신이라고 믿었다. 시간이 흐른 다음에는 자신이 불필요한 죄책감을 가지고 있다가 일종의 환각을 만들어낸 것이 아닐까 의심했다. 어떤 사람들이 그것의 존재를 그렇게 설명해주었기 때문이다. 오로지 여자들만 임신 중지에 대해 상처를 받고 죄책감을 느끼기에 그것을, 그것과 비슷한 것을 여자들로 하여금 보고 듣고 느끼게 한다고. 그렇다면 그때 호정이 찾아가야 했던 사람은 점집 할머니가 아니라 상담사나 정신과 의사였을 것이다.

"여기는 명동이 아닌 것 같아."

정연이 문득 말했다. 정연의 말이 맞았다. 호정은 휴대전화 속 지도 어플리케이션을 보고 자신들이 을지로입구역 가까이에 와 있다는 걸 깨달았다.

"돌아갈까?"

호정이 묻자 정연이 고개를 끄덕였다. 두 사람은 휴대전화를 들여다보며 명동으로 가는 길을 찾았다. 정연이 문득 생각났다는 듯 말했다.

"생각해보니까, 가는 길에 명동 성당을 봤던 것 같아. 그 근처에 있지 않을까?"

"성당을 봤다고?"

"응."

그 말을 들으니 호정도 기억이 났다. 당시에도 두 사람은 길을 좀 헤맸는데, 그러다 명동 성당 앞까지 갔었다. 성당을 보고 스물두 살의 호정은 좀 무섭다고 생각했다. 낙태라면(당시에 호정은 임신 중절 혹은 임신 중지라는 말을 알지 못했다) 기독교 세계에선 큰 죄니까, 성당에 다니는 교인들이 두렵다고 느꼈던 것이다. 사실 호정은 그것에 대해 그렇게까지

죄스러운 감정을 갖고 있지는 않았다. 그저 자신의 몸에 혼자 힘으로 통제할 수 없는 변화가 생긴다는 것이, 사람들이 손쉽게 비난할 수 있는 일을 저질렀다는 것이 두려웠다. 성당 쪽으로 방향을 바꿔서 걷는 동안, 호정은 정연이 당시의 자신이 그랬던 것처럼 마음이 좋지 않을까 싶어 걱정이 됐다. 성당으로 걷는 길에는 그늘이 없었다. 두 사람은 인상을 찌푸리고, 손을 차양 삼아 눈썹 위에 얹었다. 아직 6월인데 날씨가 벌써 한여름 같았다. 기후 변화가 무섭다고 생각하면서, 왼쪽 어깨의 통증을 견디며 걷고 있자니 호정은 맥주가 마시고 싶어졌다. 호정은 정연에게 저녁은 준이치에서 먹는 게 어떠냐고 물었다. 스스로도 농담인지 진담인지 헷갈리는 말이었다.

"준이치? 아, 거기."

정연은 준이치가 어디인지 잠시 생각하다가 기억이 났다는 듯 고개를 끄덕였다. 호정은 준이치에 대해 정연에게 얘기해준 적이 있었다. 준이치는 명동에서 을지로로 넘어가는 길목에 있었던 조그만 일본식 선술집이었다. 요즘이야 번화가만 가면 블록마다 이자카야가 하나씩 보이지만 당시만 해도 일본식 선술집은 드물었다. 대학에 복학한 뒤 호정은 거기서 아르바이트를 했었다. 그러면서 사케라는 술을 처음 알았고 준마이슈, 긴조와 같은 사케의 종류들을 익혔다. 그런 단어를 듣고 말하고 받아적을 때 호정은 무라카미 하루키 소설에 등장하는 인물이 된 것 같은 기분이 들었다. 하루키의 소설에 주로 나오는 술은 위스키라는 것을 잘 알면서도 그랬다. 그때 호정은 스물두 살이었고, 하루키를 좋아하던 문예창작과 학생이었다. 준이치에서 일한 지 세 달 만에, 호정은 준이치를 운영하던 문기훈의 아이를 가졌다. 호정이 임신했다고 말했을 때, 문기훈은 벙찐 얼굴로 어떻게 그럴 수가 있느냐고 되물었다. 아니면 '너 약 먹었다며', 이렇게 말했었나. 그건 완전히 안전한 방법이 아니었다고 호정이 설명해도 문기훈은 납득하지 못했다. 약을 제때 안 먹은 것이 아니냐고 호정을 추궁하던 그는 마지막에는 그렇다면 지워야 하지 않겠느냐고 결론을 내렸다. 그리고 가게 입구에 걸려 있는, 아주 작은 구슬이 꿰어져 칼을 든 사무라이 무늬를 만들어내는 발을 걷고 나갔다.

"요 앞에도 하나 있어. 산부인과."

문기훈은 가게로 들어와 그렇게 말했다. 그러고는 자신은 함께 갈 수 없다고 못 박았다. 자신에겐 가정이 있다는 걸 너도 알고 있지 않느냐면서. 호정은 이 이야기를 고스란히 소설로 썼고, 합평 수업에 제출했다.

호정과 정연은 발걸음을 멈추고 휴대전화를 이용해 준이치를 찾아보았다. 놀랍게도 준이치는 여전히 영업 중이었다. 수백 명의 학생들이 드나들던 교정이 사라지고 일대의 수많은 가게들이 젠트리피케이션으로 밀려나는 와중에, 준이치는

20년 전과 같은 장소에서 그때와 비슷한 메뉴를 팔고 있었다. 호정은 새삼스럽게 화가 났다. 그것이 정말 귀신이라면, 문기훈부터 족쳐야 했던 것 아닌가. 어쩌면 그 말이 다 맞을지도 몰랐다. 그것은 호정의 죄책감이 만들어낸 산물이기에, 그런 생각은 일절 하지 않은 문기훈에겐 그것이 보이지도 느껴지지도 않았던 것이다.

그것에 시달리는 동안, 호정은 그때껏 들은 임신 중절에 대한 온갖 괴담들을 곱씹어보았다. 늘 후드 티셔츠만 입고 다니는 여자애가 있었는데, 알고 보니 후드 티셔츠를 입은 것이 아니라 죽은 태아 귀신이 등 뒤에 매달려 있는 모양이 후드 모자처럼 보였다는 이야기, 임신 중절 수술을 할 때면 태아가 자궁 안에서 도망을 다닌다는 이야기, 임신 중절 이후 세쌍둥이를 낳은 어머니가 세 아이를 한꺼번에 사고로 잃었다는 이야기, 뭐 그런 이야기들을. 호정은 여고 시절에 다녀온 수련회에서, 스무 살이 넘어 처음 가진 술자리에서 그런 이야기를 들었다. 학창 시절에는 애들이 보면 안 된다는 어머니의 힐난을 견디며 낙태아가 젊은 여자에게 빙의된다는 내용의 공포 드라마를 봤었고, 대학에 들어가서는 그 비슷한 이야기를 문우들이 쓴 소설로 접했다. 아마 문기훈도 이런 괴담을 들었을 거라고 그때 호정은 생각했다.

호정이 수술을 마치고 자취방에 누워 있을 때, 문기훈은 가게에서 메뉴로 내놓던 메로구이를 싸 들고 호정을 찾아왔었다. 메로구이는 준이치에서 가장 비싼 메뉴이자 가장 잘나가는 메뉴였다. 처음 온 손님이 메로구이를 시키면 문기훈은 꼭 직접 서빙했고, 다른 곳에선 값이 더 저렴한 기름치를 메로라고 속여 팔지만 자신은 그렇지 않다고 설명하곤 했다. 실제로도 맛이 좋았는지, 한번 메로구이를 맛본 손님들은 다음에 와서도 메로구이를 주문했다. 호정은 냉동된 상태로 배달되는 그 커다란 물고기가 그렇게나 빨리 동난다는 사실을 놀라워했다. 때로는 조금 징그럽다고 생각하기도 했다. 깊은 바다에 살았을 것이 분명한, 저 크고 아름다운 물고기를 조각내어 구워 먹는 사람들이 잔혹하고 탐욕스럽게 느껴졌다. 다만 내심 그 맛이 궁금했다. 그러나 가게에서 일하는 동안 호정은 한번도 그것을 맛보지 못했다. 문기훈은 영업을 마친 다음 도쿠리 술병을 놓고 호정과 마주 앉아 사케를 마시길 좋아했는데, 그럴 때도 메로만큼은 안주로 내주지 않았다. 비싸게 사와서 더 비싸게 팔 수 있는 물고기인데다 늘 재료가 부족했으니까. 그래도 그날만큼은, 문기훈은 호일로 여러 번 감싼 메로구이를 가지고 호정을 찾아왔다. 그리고 그것과 함께 노란색 종이 봉투도 함께 건넸는데, 호정은 봉투에 든 것이 돈일 거라고 짐작했다. 물론 돈도 있었으나, 호정은 지폐 위에 놓인 부적을 먼저 보게 되었다. 문기훈은 액막이 부적이라며 그것을 베개 밑에 두고 자라고 말했다. 호정은 돈만 가진 다음 부적을 문기훈에게 돌려주었다. 같잖고 재수없다고 속으로 생각하면서. 호정이 문기훈을 본 것은 그때가 마지막이었다.

"그래서 내가 그때부터 어깨가 아팠던 거 아닐까? 부적 가져간 문기훈은 잘 먹고 잘살고."

호정이 그렇게 말하자 정연은 웃었다.

"내 생각은 달라. 그게 정말 액막이 부적이 아니었을 수도 있어."

"아니면?"

"아니면 뭐겠어?"

호정은 그때까지 생각하지 못한 가능성에 대해 곰곰이 생각해보았다. 생각할수록 정연의 말이 옳다는 판단이 섰다. 문기훈이 자신을 위해 부적을 써왔을 것 같지 않았다. 오히려 호정이 앞으로 자신에게 매달려 골치 아프게 될까 싶었겠지. 호정은 당시의 자신이 너무 어리고 둔했다는 생각이 들어 조금 서글퍼졌다.

"그래도 그 생선구이는 정말 맛있었는데."

정연이 말했다. 호정도 동의했다. 문기훈이 다녀간 다음 호정은 정연을 불러 메로구이를 함께 먹었다. 정연은 생선에서 이런 맛이 나는 건 처음이라며 감탄했는데, 호정은 정연이 베푼 호의를 조금이나마 갚을 수 있어 기뻤다.

"그래, 가자니까, 준이치."

호정이 말했다. 준이치가 여전히 영업 중이라면 직접 확인하고 싶었다. 문기훈이 여전히 그 손바닥만 한 이자카야를 운영하며 잘 먹고 잘살고 있는지. 하지만 준이치가 오픈하려면 두 시간을 더 기다려야 했다. 두 사람은 그때까지 점집을 조금 더 찾아보기로 했다.

명동 거리가 휑뎅그렁한 것에 반해, 성당 주변에는 꽤 많은 인파가 몰려 있었다. 사람들은 그 역사적이고 아름다운 건축물을 배경으로 사진을 찍어댔다. 호정과 정연은 성당 뒤편으로 난 골목으로 들어섰다. 호정이 정연에게 어깨가 많이 아프냐고 묻자 정연은 견딜 만하다고 대답했다. 호정은 자신이 그것에 대해 지나치게 자세히 설명한 탓에 정연도 자신과 같은 환각을 보게 된 것은 아닐까 걱정했다. 만약 오늘 점집을 찾지 못한다면, 정연은 앞으로 그것을 어깨에 짊어진 채 살아가야 하는 걸까. 생각이 거기에 이르자 호정은 무척 간절하게 점집을 찾고 싶어졌다. 하지만 오래전에 들렀던 그곳은 좀처럼 보이지 않았다. 호정은 정연에게 차라리 어디 들어가 앉아 있는 것이 어떻겠냐고 물었다. 정연이 앉아 있는 동안 자신이 주변을 둘러보겠다고. 정연은 웃으면서 고개를 저었다.

"사실 찾기 어렵겠다고 생각하긴 했어."

정연은 그렇게 말하고는 왼팔을 작게 휘둘러 어깨 관절을 풀었다.

"주소도 없고 이름도 모르는데 거길 찾는 게 용하지. 그냥 너랑 여기 한번 걸어보고 싶더라고."

호정은 정연과 막 알게 되었던 무렵이 생각나서 조금 쑥스러운 기분이 됐다. 두 사람이 가까워질 수 있었던 것은 모두 정연의 공이었다. 호정이 문기훈의 이야기를 소설로 만들어 합평 시간에 내놓았을 때, 정연은 그것이 모두 진짜로 있었던 일임을 알아보았다. 그리고 강의실 구석에서 조용히 가방을 챙기는 호정에게 다가와 도움이 필요하면 언제든 자신을 찾으라고, 자신은 늘 과방에 있다고 말했다. 그 시절, 호정은 늘 혼자 있었다. 1학년을 마치고 휴학한 탓에 동기들은 전부 졸업했거나 군 휴학 중이었다. 물론 후배들이나 군대를 제대하고 복학한 선배들이 있었지만, 호정은 굳이 함께 수업을 듣는 학우들과 친해지려고 하지 않았다. 당시의 호정에게는 남들과는 다르게 살아야 소설을 잘 쓸 수 있다는 이상한 믿음이 있었다. 다른 학생들과 어울리며 학교 앞 술집으로 몰려다니는 일은 너무 평범했다. 호정은 특별한 사람이 되고 싶었다. 하루키 소설에 등장하는 미스터리한 여자 같은 인물이 되고 싶었다. 시간이 꽤 많이 흐른 뒤에, 호정은 그런 자신이 문기훈에게 얼마나 쉬운 타깃이었을까 생각했다. 특별해지고 싶어 하는 여자애, 그러나 할 수 있는 일은 스무 살쯤 많은 유부남을 만나는 것뿐인 여자애가.

준이치는 예정된 오픈 시간보다 30분이나 늦게 영업을 시작했다. 단지 그것만으로도 호정은 더 이상 문기훈이 그곳에 없다는 걸 알 수 있었다. 문기훈은 언제나 철저하게 시간을 엄수했고, 직원들이 5분이라도 늦는 것을 용납하지 않았다. 준이치의 인테리어도 싹 바뀌어 있었다. 카운터에는 일본 애니메이션에 등장하는 피규어들이 놓여 있었고, 입구에 드리워져 있었던 발이며 벽 여기저기에 걸려 있던 가짜 사무라이 검도 모두 없어졌다. 그대로인 것은 기역 자로 꺾이던 주방과 테이블이 놓인 위치 정도였다. 아마도 주인이 바뀐 모양이라고 호정은 짐작했다. 그렇다면 문기훈은 어디에서 무엇을 하고 있을까. 호정과 마찬가지로 무라카미 하루키의 소설을 좋아했던 그는 하루키 소설에 나오는 남자 주인공이 되고 싶어했었다. 그러니 나와 죽이 잘 맞았겠지. 호정은 그렇게 생각하며 메로구이와 샐러드, 생맥주 두 잔을 주문했다.

"어쩌면 정말 오십견일지도 모르겠어. 오십까지 얼마 안 남았잖아."

자리를 잡고 앉은 뒤, 정연은 조금 전처럼 왼팔을 움직여 작은 원을 그리며 말했다.

"다른 데라도 가보자. 요즘에 용한 데가 얼마나 많은데."

호정은 그렇게 말한 다음 정연의 왼쪽 어깨 위 작은 허공을 바라보았다. 호정은 그때나 지금이나 그것이 무섭지 않았다. 다만 그것의 무게와 통증을 어떻게 할 수 없었을 뿐이었다.

"차라리 운동을 하면 어떨까?"

"헬스 같은 거?"

"응, 영혼의 무게를 더해서 웨이트를 하는 거지."

호정은 정연의 농담에 웃음 지었지만, 정연이 아파하고 있다는 것을 알았다. 정연은 쉼 없이 왼쪽 어깨를 추켜올리거나 왼팔을 작게 휘둘렀고, 그러면서 미세하게 얼굴을 찌푸렸다. 호정은 정연과 함께 다른 날, 다른 곳에 꼭 가보겠다고 다짐했다. 초저녁이기 때문인지 가게에 손님은 두 사람뿐이었다. 한동안은 누구도 더 들어오지 않았다. 남자가 가게에 나타난 것은 호정과 정연이 다시 만나 조계사에 가보자는 얘기를 하며 각자의 일정을 확인하고 있을 때였다. 덩치 큰 남자가 조용히 가게로 들어오더니 기역 자로 꺾어진 주방으로 쑥 들어갔다. 그러고는 싱크대에 물을 틀어 주방 세제로 손을 씻었다. 호정은 그 투박한 모습을 가만히 바라봤다. 그리고 아주 자연스럽게, 남자가 문기훈의 아들이라는 걸 깨달았다. 얼굴과 체형과 걸음걸이가 문기훈과 똑같았으니까. 길에서 우연히 뒷모습만 슬쩍 보았다면 문기훈으로 착각했을 만큼 부자는 닮아 있었다. 호정은 그를 뚫어져라 쳐다보다가, 그런 자신을 정연이 역시 응시하고 있다는 것을 깨닫고 시선을 거두었다.

"그 사람 아들인가 봐."

호정의 말에 정연이 아연한 얼굴로 남자를 바라보았다. 호정은 오래전에 문기훈의 지갑 속에서 그를 본 적이 있었다. 공원처럼 보이는 공간을 배경으로 네 식구가 얼굴을 맞대고 찍은 사진이었다. 큰애가 아들, 작은애가 딸. 나이가 엇비슷해 보이는 아이들을 손가락으로 짚으며 문기훈은 말했었다. 호정은 이제 정말 커다랗게 자라 청년이 된 문기훈의 큰애를 보았다. 그리고 별안간 화가 나기 시작했다. 자신이 그것을 지고 다니며 점을 보고 부적을 쓰는 동안, 마흔이 넘어서까지 잠에서 깨어날 때 종종 그것의 시선을 느끼는 동안, 문기훈은 아들을 어엿한 청년으로 길러내 가업까지 물려준 것이었다. 남자는 키가 아주 컸다. 문기훈보다 적어도 한 뼘은 더 큰 것처럼 보였다. 호정은 문기훈과 문기훈의 아들이 등을 맞대고 키를 재는 풍경을 떠올렸다. 그러는 사이 자신도 모르게 표정이 아주 사나워졌다. 그런 호정을 정연이 툭 건드렸다. 남자가 어느새 그들의 테이블 앞에 서 있었다.

"메로구이 시키셨죠? 전에 드셔보신 적 있으세요?"

남자는 물었다. 호정이 여전히 인상을 쓰고 있는 와중에 정연이 난처한 얼굴로 고개를 끄덕였다. 그러자 남자는 그것 참 잘됐다는 듯 주먹 쥔 오른손으로 왼손 손바닥을 탁 쳤다.

"혹시 그거 드시고 배 아프신 적 없으세요?"

난데없는 질문에 정연도, 딴생각을 하고 있던 호정도 대답하지 못했다. 남자가 다시 말을 이으려는데 정연이 재빨리 끼어들었다.

"우리 둘 다 배 아파서 거의 죽을 뻔했는데."

남자는 정연의 말에 반색을 했다. 호정과 정연의 험악하고 황당한 표정이 남자에게는 전혀 보이지 않는 것 같았다.

"왜 그런지 아세요? 여러분이 드신 건 메로가 아니기 때문이에요. 다른 가게에선 비싼 생선인 메로 대신 기름치를 쓰거든요. 그러면서 메로라고 속이는 거죠."

남자는 그렇게 말한 다음 기름치가 메로에 비해 풍미가 부족할 뿐 아니라, 그 살코기에 사람들이 먹어선 안 되는 에스테르 성분이 들어 있다고 설명했다. 그래서 사람들이 메로구이를 사 먹고 복통을 앓곤 한다는 것이었다. 호정은 자신이 화를 내야 할 사람은 이 모든 일들을 까마득히 모르는 문기훈의 아들이 아니라 문기훈 본인이라고, 그 명백한 사실을 자신에게 납득시키기 위해 애쓰며 남자를 바라보았다. 그러나 호정은 화가 났다. 당장이라도 주방으로 돌아가 콧노래를 흥얼거리며 야채를 다듬는 문기훈 아들의 천진한 뒤통수를 한 대 때려주고 싶었다. 정연이 그만 쳐다보라는 듯, 젓가락으로 테이블을 탁탁 두들겼다. 호정과 정연은 다시 한번 잔을 부딪혔다.

"난 그래도 그 사람 인물이라도 좋을 줄 알았는데." 정연이 말했다. "근데 그 사람도 못생겼었어."

호정은 정연이 말한 그 사람이 누구인지 알아차렸다. 잠시 숨을 고른 뒤, 호정은 온종일 미뤄두었던 질문을 했다.

"어떤 일이 있었던 거야?"

"너랑 비슷해."

정연은 비로소 이야기를 시작했다. 이야기를 듣고 말하는 동안 정연과 호정은 한 번씩 왼팔을 작게 휘둘렀다.

준이치를 나와 정연과 함께 전철역 방향으로 걸어가는 동
안, 호정은 준이치에 마지막으로 출근했던 날 저녁을 떠올렸
다. 문기훈은 더 이상 가게에 나오지 말라고 호정에게 말했
다. 호정에게 너무 미안하기 때문에, 그는 호정을 가게에 둘
수 없다고 했다. 그날 호정은 준이치에서부터 자취방까지 제
법 먼 거리를 걸어갔다. 집에 다 와서는 학교 쪽으로 방향을
바꿨다. 그리고 교정이 있는 언덕을 올라 과방을 찾아갔다.
호정이 거기에 들어서자마자, 정연은 호정이 자신을 찾아왔
다는 것을 알아차렸다. 그러고는 함께 소주를 마시던 무리를
뒤로하고 호정을 데리고 밖으로 나갔다. 두 사람은 문예관 뒤
편의 공터에 서서 디스 담배를 피웠다. 정연은 그때까지 호정
과 제대로 대화조차 나눈 적이 없었지만 병원에 함께 가자고
먼저 말했다.

"그리고 우리 동갑이야. 나 재수했거든."

그렇게 두 사람은 병원에, 점집에 함께 다녀왔고, 그 이후
로는 명동을 쏘다녔다. 사실 호정과 정연이 가깝게 지냈던 시
기는 그리 길지 않았다. 곧 두 사람은 교정을 떠나 취업 전선
에 뛰어들었고, 그 뒤로는 바빠져서 자주 만나지 못했으니
까. 그러나 호정은 정연과 함께 갔던 곳, 정연과 함께한 시간
을 자주 떠올리고 또렷이 기억했다. 어떤 주제로 이야기를 나

누었는지, 그러다 이야기의 방향이 어디로 흘러갔는지, 두 사람이 어디에 있었고 정연이 어떤 옷을 입고 있었는지. 호정은 전철을 탄 정연에게 손을 흔들어주면서 오늘의 일 또한 그럴 거라고 생각했다. 그리고 앞으로도. 정연과 함께 가게 될 병원과 점집과 절 같은 곳을 자신은 오랫동안 선명하게 기억할 거라고 호정은 확신했다. 전철을 탄 정연도 왼팔을 작게 돌리면서, 호정을 향해 오른손을 흔들었다.

마스크 키즈

이원석

이원석

2019년 문학과사회 신인문학상을 통해 작품 활동을 시작했다. 소설집 《까마귀 클럽》이 있다.

네 번째 마스크가 발견된 곳은 서울시 강동구 천호동에 위치한 꽃집이었다. 어떻게 읽는 건지 짐작조차 하기 어려운 인스타그램 계정의 소유주는 호들갑을 떨며 이렇게 썼다.

오늘 아침에 저희 #꽃집 에서 발견된 #빨간마스크! #코로나 시국에 #마스크 가 무슨 대수냐 싶으시겠지만 #어린시절 정말 유행했던 #도시괴담 생각이 나서요. 그때는 마냥 무섭기만 했는데 지금보니까 웃기기도 하고 신기하기도 하네요. 요새 #서울 곳곳에서 이렇게 새빨간 마스크가 발견되고 있다고 하는데요! #강동구 #천호동 에서는 저희 가게가 처음이라고 합니다. 간밤에 정말 #귀신 이라도 다녀간 게 아닐지~?
#괴담 #귀짤 #라떼괴담 #라떼는말이야 #서울꽃집 #강동구꽃집 #천호동꽃집 #꽃다발 #프리저브드플라워 #반려식물 #플라워디자인

해시태그가 너무 많아 읽기조차 버거운 그 피드에는 이미 몇백 개가 넘는 하트와 수십 개의 댓글이 달려 있었다. 사람들은 댓글에서 각자의 지인을 태그하며 이야기를 나누는 중이었다. 대부분 사진의 조작 여부를 따지거나 자기들끼리만 아는 '빨간 마스크'에 관한 일화를 이야기하며 웃기 바빴다. 열 장의 사진 중 가게 내부 사진과 꽃 사진을 제외하면 내용과 관련된 사진은 두 장이었는데, 각각의 사진에는 꽃집 입구에 비치된 우산꽂이와 그 우산꽂이 속에 덩그러니 놓인 마스크가 찍혀 있었다. 사진 속 마스크는 시중에서 흔히 구할 수 있는 일회용 마스크와 별반 다르지 않았다. 단지 마스크 전체가 온통 새빨갛다는 점을 제외한다면 말이다. 나는 작성자의 의도가 뻔히 보이는 해시태그를 보며 잠시 고민하다가 댓글로 진영을 태그했다. 조금이라도 '빨간 마스크'와 관련된 게시글을 보면 꼭 자신을 태그해달라는 진영의 부탁 때문이었다. 20년이나 지났으면 좀 식을 만도 한데, 그 괴인에 대한 진영의 열정은 조금도 식지 않은 것 같았다. 진영만큼은 아니지만 나 역시 분명 이상한 기분이 들기는 했다. 강서구 화곡동의 패스트푸드점, 용산구 효창동의 편의점, 마포구 공덕동의 태권도장과 강동구 천호동의 꽃집까지. 두 달 사이에 총 네 개의 빨간 마스크가 서울 시내 곳곳에서 발견되었다. 그것도 어딘가 낯익고, 낯익어서 기분 나쁜 곳들에서만.

점심시간이 지나고 한동안 일에 집중하느라 휴대폰을 보

지 못했는데 담배를 피우기 위해 옥상에 올라가 확인하니 진영에게서 메시지가 와 있었다. 굳이 확인하지 않아도 내용은 뻔했지만 그렇다고 확인하지 않으면 이후에 무슨 소리를 들을지도 뻔했기 때문에 나는 메시지를 확인했다. '대박'으로 시작한 메시지는 '천호동?'을 거쳐 '같이 가야지?'로 끝나 있었다. 딱히 동의하지도 않고 대답하고 싶지도 않아 그냥 있었더니 담배를 다 피울 때쯤 전화가 걸려 왔다. 내가 전화를 받자마자 수화기 너머에서 진영이 소리를 질렀다.

[이 새끼야!]

"아, 깜짝이야."

[왜 대답을 안 해? 뒤질래?]

"나 진짜 안 가. 못 가."

[아, 왜. 가자. 한 번을 안 가주냐, 같이? 한 번만. 응? 오늘은 진짜 만날 것 같단 말이야.]

"혼자 가."

[혼자 가면 무섭단 말이야. 진짜 만나면 어떡해?]

진짜 만나기 위해 가자고 하면서 진짜 만나게 될까 봐 두렵다는 진영의 말에 괜히 웃음이 나왔다. 지극히 진영다운 모순이었다. 하지만 근래 한꺼번에 일이 너무 많이 들어왔고 밀리고 쌓인 업무를 생각하며 나는 웃음을 거뒀다.

"진영아. 나 오늘도 야근해야 해. 요즘 바쁠 때란 말이야. 말 나온 김에 너 대체 일은 언제 하냐? 퇴사한 지 벌써 1년 넘지 않았어?”

[그거는 내가 알아서 할 일이고. 아무튼 가자니까.]

“안 돼. 혼자 가. 나 분명히 말했다? 너 이제 서른이다, 서른. 서른이나 됐으면서 까짓 마스크 쪼가리가 뭐가 무섭다고 그러냐.”

[서른은 안 다치냐? 안 죽어?]

“죽지. 근데 빨간 마스크한테는 잘 안 죽지.”

[왜 안 죽어? 만나면 죽지.]

“야 이 쓰레기야. 걔는 혼자 만나면 혼자 죽고 둘이 만나면 둘 다 죽는 거야. 네가 그러고도 친구냐?”

[그럼 너는 그러고도 친구냐? 한 번을 안 가주냐, 한 번을.]

“서로 친구 아니라고 생각하는 거지? 절교해, 그럼. 그동안 즐거웠다. 건강해라.”

[20년 우정 진짜 한순간이다. 알겠습니다! 좋아하는 회사 오래 다니시고 적게 버십시오.]

“네, 진영 씨. 감사합니다!”

[어차피 나도 혼자 가려고 했어, 나쁜 새끼야.]

진영은 목소리를 높이며 전화를 끊었다. 아무래도 정말 화가 난 것 같았고 다시 전화를 걸어볼까 생각했지만 곧 그만뒀다. 전화를 다시 건다고 해도 딱히 달라질 것은 없었을 것이다. 내게는 기간 내에 끝내야 하는 주어진 일이 있었고, 다음 날까지는 무슨 일이 있어도 그것을 끝내야만 했다. 또한 나는

'빨간 마스크' 같은 것은 세상에 없거나 적어도 사라진 것이라고 생각했으며, 전철로 30분 거리에 사는 20년 지기는 마음만 먹으면 당장 내일도 볼 수 있을 것이라는 사실을 의심하지 않았다. 당연히, 당연히, 그렇게 믿었으니까.

그러나 그날, 그 통화가 진영과 내가 나눈 마지막 대화였다. 정말로 절교를 한 것은 아니었고 밤사이에 진영이 죽었다는 연락을 다음날 출근길에 받았다. 믿을 수 없었다, 없었지만, 그렇다고 해서 이미 벌어진 일이 없던 일이 되지는 않았다. 할 수만 있다면 내 입을 잡아 귀까지 찢어버리고 싶었다. 진영의 죽음 이후 내게 '당연'이라는 말은 세상에 없거나 적어도 사라져버린 말이 되었다. '빨간 마스크'보다도, 세상에 존재하는 모든 믿을 수 없는 것보다도 더 그랬다.

*

'마스크 키즈'는 일종의 팬클럽(대상에 대한 정보를 모으고 쫓아다닌다는 점에서)이었고, 우리들의 스타는 '빨간 마스크'였다. 그래, 그 '빨간 마스크'. 저녁 6시부터 밤 11시까지 빨간색 마스크를 쓴 채 거리를 거닐며 마주치는 행인에게 얼평을 부탁한 후 대답에 따라 입을 찢어버리는 그 괴담의 주인공. 달리기로는 100미터를 6초에 끊고(어딘가에서는 4초라고 하기도 하고) 키는 4미터가 넘으며(2미터 20센티라는 소

문도 있고) 성형수술 실패로 인해 양쪽 귀까지 찢어진(어딘
가에서는 스스로 찢었다고도 하는) 입을 붉은색 마스크로 가
리고 다니는 그 이상한 사람. 사람이 맞나? 아무튼 그런 탈 인
간급 피지컬을 가진 주제에 고소공포증 때문에 5층 이상으
로는 올라갈 수 없었던(옥상에서 당한 사람이 있다는 소문이
돌기도 했다) 그녀. 1990년대 말부터 2000년대 중반까지 대
한민국에 그녀를 모르는 아이는 거의 없었다. 아이들 대부분
은 그녀를 두려워했고 그녀와 마주치지 않기 위해서라면 무
슨 짓이든 했다. 당시 우리 집은 초등학생을 전문으로 가르치
는 학원을 운영 중이었는데(간판에는 '초등 전문 속셈학원'
이라고 적혀 있었지만 모든 과목을 가르쳤고 오겠다는 중학
생이나 고등학생들을 가리지도 않았다) ''빨간 마스크'가 무
서워서 학원에 못 가겠다'며 부모님께 떼를 써서 그만두는 아
이들이 너무 많았다. 시끌벅적하던 학원은 날이 갈수록 조용
해졌다. 엄마는 봉고차를 구입해 학원 셔틀로 쓰거나 주말반
을 개설하는 등 갖은 노력을 다했지만 그때나 지금이나 어른
의 노력으로 아이들의 공포를 없애는 것은 무척 힘든 일이었
다. 원생은 자꾸만 줄어들었다. 엄마는 '빨간 마스크'를 잡아
서 찢어 죽이겠다는 말을 입에 달고 살았다. 한 번은 내가 그
사람은 이미 많이 찢어져 있기 때문에 그럴 수는 없을 거라고
말한 적이 있었다. 그날 나는 엄마가 능히 '빨간 마스크'를 이
길 수도 있는 사람이라는 것을 몸으로 익혔다. 아무튼 그 시

절 '빨간 마스크'는 아이들 사이에서 단순한 괴담의 주인공이 아니라 그 시대를 상징하는 아이콘이자, (약간의 과장을 보태자면) 그 시대의 다른 이름이었다.

나에게도 '빨간 마스크'는 두려운 이름이었다. 그 자체로 두렵기도 했지만 보다 현실적인 측면에서 더 그랬다. 학원이 어려워지면서 하루에 천 원이었던 용돈이 오백 원으로 대폭 줄어들었고 저녁을 먹기 전까지 늘 함께 놀던 친구들이 5시만 되면 집으로 돌아가는 일이 잦아졌기 때문이었다. 그 외에도 많은 변화가 있었지만 내게 있어 가장 크게 다가왔던 변화는 주말만 되면 어떻게든 나와 함께 시간을 보내던 엄마가 주말에도 학원에 출근하기 시작했다는 점이었다. 괴담이 본격적으로 유행하기 시작한 후 처음 얼마간은 '빨간 마스크'에 대한 두려움이 더 컸다. 그러나 어느 순간부터 두려움을 넘어서는 깊은 빡침을 느끼게 되었다. 풍족하진 않지만 만족스럽게 누려왔던 안정적인 8년여의 삶이 빠른 속도로 흔들리고 있다는 것을 나 역시 느낄 정도였으니까. 그래, 듣자 하니 안타까운 사연이 있는 건 알겠지만 그렇다고, 어? 자기가 불행하다고 해서 지나가는 사람에게 겁을 주고, 찢고, 죽이고, 그래도 되는 건가? 나쁜 새끼, 어른이면서 쩨쩨하게. 자꾸만 이런 마음이 들었고 공포는 서서히 불안과 분노로 변해갔다. 물론 어른이 된 지금에 와서는 생각보다 그런 어른이 많다는 사실을 알고 있고 나 역시 얼마간은 그렇게 살고 있을지도 모른다고 생각하지만, 당시의 나는 그저 억울하고 화가 날 뿐이었다. '마스크 키즈'를 만난 건 그런 생각이 절정으로 치닫던 2002년, 초등학교 2학년의 어느 날이었다.

5시가 넘으면 집으로 돌아가버리는 친구들 탓에 나 역시 강제로 일찍 귀가하는 날이 많았고 나는 엄마가 돌아오는 늦은 밤까지 컴퓨터 앞에 앉아 있었다. 처음 얼마간은 컴퓨터를 사면 기본으로 깔아주던 게임(타잔이나 스타크래프트 데모판)에 몰두했지만 실력이 형편없는 탓에 너무 많이 죽거나 졌고, 죽거나 지는 게임은 너무 쉽게 질렸다. 엄마는 혼자 집에 있는 내가 내심 마음에 걸렸던지 옆집에 살던 형에게 저녁마다 잠깐이라도 나와 놀아줄 것을 부탁했다. 그러나 당시 중학생이던 형에게 한참 어린 동생은 놀이 상대가 되어주지 못했고, 나라는 짐을 어떻게 처리할지 고민하던 형은 내게 메신저 아이디를 만들어줬다. 그 후부터는 쭉 채팅에 빠져 살았다. 당시 유행했던 메신저 프로그램은 지역이나 나이를 설정하면 그 범위 안의 채팅방을 우선적으로 보여줬다. 처음에 나는 내 또래 아이들이 모여 나누는 이야기가 시시하고 유치하다고 생각해 일부러 연령대를 설정하지 않았다. 그러나 어른들이 나누는 의미조차 알 수 없는 대화는 나를 불쾌하게 만들기만 했고, 그들 역시 몇 마디를 나눠본 후에는 내게 흥미를 잃는 경우가 많았다. 얼마 가지 않아 나는 다시 나의 세계로 돌아갔다. 연령대를 설정하고(8살에서 13살) 지역을 설정한 후(서울) 나타나는 채팅방의 목록을 쭉 훑었다. 그러던 중 눈에 띈 것이 바로 그 채팅방이었다.

★☆★☆(((서울)))빨간 마스크 사냥, 파티 구함, 님만 오면 ㄱ★☆★☆

지금 봐도 엄청난 문장이지만 당시의 내게 익숙한 단어들이 모여 절묘하게 낯설어진 그 채팅방의 제목은 너무나 큰 충격으로 다가왔다. 진심일까. 사람을 그렇게 많이 죽였는데도 아직 경찰조차 잡지 못한(심지어는 보지도 못한) 그 괴물을 초등학생들끼리 잡으러 간다니. 그러다가 내가 죽으면 우리 엄마는 어떡하나. 슬퍼하겠지. 세상에서 제일. 이런 식의 궁금증과 걱정이 뒤섞였지만 어차피 채팅이니까. 언제든 들어갔다가 내키지 않으면 바로 나올 수 있는, 그 가벼운 시스템이 내게 용기를 주었다. 무엇보다 당시의 내게 '빨간 마스크'는 마음속에서 끓어오르는 깊은 분노를 표출해야 할 가장 정확한 타깃에 다름 아니었다. 나는 마우스 커서를 움직여 채팅방 제목 위에 얹었다. 살짝 심호흡을 한 후 왼쪽 버튼을 눌렀고 곧 모니터 가득 채팅창이 떠올랐다.

　―너희 중에 총 쏠 줄 아는 애 있냐?

그것이 내가 기억하는 그 채팅방의 첫 채팅이었다. 어린 내가 보기에도 말 같지 않은 말이었고, 크게 웃은 덕분에 긴장을 풀 수 있었다. 어째서인지 오랜만에 집에 온 것처럼 마음이 편안해지는 느낌마저 들었다. 그날 우리는 늦은 밤까지 대화를 나누며 첫 사냥을 개시할 날짜와 시간, 그리고 팀명까지 정했다. '마스크 키즈'가 탄생하는 순간이었다.

*

회사에 말을 해두긴 했지만 친인척의 장례식이 아니어서 개인 휴가를 끌어 써야만 했고 내색은 하지 않겠지만 내가 유난을 떤다고 생각하는 사람도 있었을 것이다. 딱히 그렇지는 않더라도 업무 특성상 누군가가 내 일을 대신 처리해줄 수 있는 구조도 아니었다. 그러니까 아마도 다시 돌아갈 때쯤에는 아주 많은, 진영을 혼자 내버려둬야만 했을 때보다 훨씬 더 많은 업무가 내 몫으로 남아 있을 터였다. 그러나 그딴 건 하나도 중요하지 않았다. 진영의 빈소를 지키며 나는 오직 진영에 대해서만 생각했다. 사실 딱히 애쓰지 않아도 그렇게 됐다. 주로 이런 내용이었는데, 만약 내가 함께 갔다면 이런 일은 일어나지 않았을까. 혹시 내가 진영의 죽음을 막을 수도 있었을까. 아무리 생각하고 또 생각해도 내놓을 수 있는 답은 하나뿐이었다. 아주 높은 확률로, 그럴 수 있었을 것이다.

시국의 영향도 있었고 진영과 내가 함께 아는 지인이 없어서 부고를 알릴 곳이 마땅치 않았다. 그래서 식장을 찾는 조문객은 거의 없었다. 나는 텅 빈 빈소에 앉아 3일 내내 대부분의 시간을 진영의 영정을 올려다보며 보냈다. 문득 20년 전에 들었던 진영의 말이 떠올랐다. 그날은 '마스크 키즈'가 모인 첫날이었고 우리는 '빨간 마스크' 찾기에 실패했다. 그냥 헤어지기에는 뭔가 아쉬워서 각자 '마스크 키즈'에 가입한 이유를 말하는 시간을 가졌다. 이런저런 이야기들이 오가고 진영의 차례가 되었다. 진영은 진영답게 농담하듯 말했다. '빨간 마스크'에게 누군가를 꼭 좀 죽여달라고 밤마다 소원을 빌었다는 말. 그러나 그럴 능력도 있고, 그런 일을 즐기기까지 하면서도 자신의 말만은 들어주지 않는다던 말. 도대체 왜 그러는 건지 직접 좀 만나보고 따져보려고 한다던 그 말.

"그게 누구든, '빨간 마스크'를 잡는 것보다는 직접 그 사람을 죽이는 게 더 쉽지 않을까?"

내가 물었고 진영은 놀란 표정으로 대답했다.

"너 진짜 똑똑하구나?"

그러나 곧바로 그럴 수는 없다고 말하며 단번에 고개를 저었다. 자신에게는 그럴 용기가 없다고 말했다. 진영다운 모순이었고, 내게는 그 모습이 무척 인상적이었다. 그리고 진영의 고집을 알기 때문에 그 후로 제법 오랜 시간을 함께 지내면서도 나는 진영에게 그에 대한 말을 다시 꺼낸 적이 없었다. 그러다 딱 한 번, 잔뜩 술에 취해 기억조차 가물가물한 몇 년 전의 어느 날, 나는 마찬가지로 취한 진영에게 물었다.

"아직도 그 사람을 죽이고 싶어?"

진영은 고개를 힘없이 떨구고 잠시 고민하더니 웃으면서 대답했다.

"아마도. 아마도 아직은."

진영은 그 사람이 누군지에 대해 한 번도 내게 말해준 적이 없었다. 그러나 나는 어렴풋이 진영이 죽이고 싶은 사람이 누군지 알 것 같았다. 그리고 어린 진영이 그런 생각과 그런 말을 했다는 사실에 너무 슬퍼지곤 했다. 아마도. 아마도 아직은. 나는 진영의 말을 따라 중얼거리며 크게 한숨을 쉬었다. 마스크에 반사된 숨결 때문에 쓰고 있던 안경 렌즈에 뿌연 김이 서렸다. 흐릿한 시야 너머로도 여전히 진영의 영정이 보였다. 그걸 좀 선명히 보고 싶어서 나는 안경을 벗어 셔츠 자락으로 렌즈를 닦았다. 깨끗하게 닦고 썼는데도 안경은 내가 숨을 쉴 때마다 빠른 속도로 흐려졌다. 그래서 나는 내가 숨을 쉬는 한 다시는 맑은 세상을 보지 못할 수도 있겠다는 이상한 생각이 들었다. 화가 치솟았다. 그러나 누구도 욕하고 싶지는 않았다. 그러기에 나는 너무 지쳐 있었고 그딴 건 아무래도 좋으니 그냥 좀, 진영이 너무 보고 싶었다.

발인이 끝난 후 진영의 어머니는 나에게 연락을 해 왔다. 그녀는 끝내 진영의 장례식장에 찾아오지 않았다. 내가 전화를 걸어 부고를 알렸을 때도 자신은 그런 곳에 갈 생각이 없으며 가고 싶지도 않다고 말했다. 그러면서도 자신이 아는 진영의 친구가 나뿐이라며, 내게 진영의 방을 정리해달라고 부탁했다. 정확히 말하자면 명령에 가까웠다. 밀린 월세나 공과금이 있다면 보증금에서 까고, 갖고 싶은 물건이 있다면 내가 가져도 좋으며, 자신에게는 그저 반환된 보증금만 주면 된다고 했다. 나는 알겠다고 대답했다. 당연히 그녀를 위한 것은 아니었다. 진영이 살던 곳, 진영의 마지막 공간을 그녀에게 보여주고 싶지 않은 것은 피차 마찬가지였다. 어쩌면 진영의 일기나 유서를 찾을 수도 있을 거라는, 그래서 진영이 어째서 죽어야만 했는지에 대한 진실을 밝힐 수도 있을 거라는 생각이 들기도 했다. 그러자 그 일만은 반드시 내가 해야 할 것 같다는 생각마저 들었다.

그러나 그런 것은 발견할 수 없었다. 오랜만에 찾은 진영의 방은 놀라울 정도로 더러웠고, 이 상황에 이런 말을 해도 되는지는 모르겠지만 도저히 사람이 살 수 있는 환경이 아니었다. 나는 일회용품과 담배꽁초로 꽉 찬 종이컵, 옷가지와 택배 상자들을 발로 헤치고 거실을 가로질러 진영의 방으로 들어갔다. 방은 거실보다는 조금 나았다. 어쩌면 거실만큼 천천히 둘러볼 여유가 없었던 것일 수도 있었다. 들어서자마자 문 맞은편 벽에 붙은 커다란 지도에 시선을 빼앗겼기 때문이었다. 지도는 서울 전도였고 군데군데 빨간색 네임펜으로 동그라미가 그려져 있었다. 나는 천천히 발걸음을 옮겨 지도 앞으

로 다가섰다. 다가서는 내내 혹시나 싶었지만 역시 예상대로
였다. 동그라미는 강서구 화곡동, 용산구 효창동, 마포구 공
덕동, 그리고 강동구 천호동에 그려져 있었다. 모두 최근 두
달 사이에 빨간색 마스크가 발견된 곳이었다. 이상한 점이 딱
하나 있었는데, 그건 아직 마스크가 발견되지 않은 은평구 녹
번동에도 동그라미가 그려져 있다는 사실이었다. 혹시 내가
모르는 새에 새롭게 발견된 건가 싶어 인스타그램을 실행해
'#빨간마스크'를 검색했다. 그러나 아무리 살펴봐도 역시 녹
번동에서 빨간색 마스크가 발견된 적은 없었다. 의아했지만
또 곰곰이 생각해보면 그렇게까지 이상한 일은 아니었다. 녹
번동은 내가 살던 동네였고 진영은 우리들 '마스크 키즈'가
이번 빨간색 마스크가 발견되는 일과 크게 연관되어 있다고
생각하던 사람이었으니까. 단순히 미리 동그라미를 쳐 표시
해둔 것일 수도 있었다.

　각각의 동그라미 옆에는 검은색 펜으로 더 구체적인 장소
가 적혀 있었다. 화곡동, 패스트푸드점(만화방), 효창동, 편의
점(문구점), 공덕동, 태권도장, 천호동, 꽃집(분식집), 녹번동,
보습학원(속셈학원). 표시된 모든 장소 옆에는 알 수 없는 이
름들이 쓰여 있었는데 녹번동에는 내 이름이 쓰여 있었고 천
호동에는 진영 본인의 이름이 적혀 있었다. 나는 진영과 내
이름을 제외한 나머지 이름들을 천천히 바라보았다. 잠시 뒤
나는 그들이 누군지 알 수 있었다. 그들은 '마스크 키즈'의 멤

버들이었다.

"이거 봐. 20년 전에 우리가 살던 곳에서 자꾸 마스크가 발견되잖아. 그것도 우리가 수색했던 곳에서. 이래도 우연이라고?"

세 번째 마스크가 발견됐을 때, 진영은 우리 집 앞의 한 고깃집에서 이런 말을 했다. 나는 진영이 떠드는 것을 한참 듣다가 진영의 앞접시에 있는 고기 한 점을 빼앗아 먹으며 말했다.

"괴담이 불황이긴 한가보다. 20년 전 괴담을 아직도 마케팅으로 우려먹냐, 사람들이."

"사람들이 아니라, 진짜라니까. '빨간 마스크'야 이거. 백퍼야, 백퍼."

"진영아. 그런 쓰레기 같은 말은 좀 안 했으면 좋겠어."

나는 진영의 빈 잔에 소주를 가득 따르며 말했다. 말하면서는 혀까지 쯧쯧 찼다. 진영은 잔을 들어 소주를 한 번에 다 마시고는 불판 위에 있는 익지도 않은 고기를 집어삼켰다. 나는 진영의 앞접시에 다시 잘 익은 고기를 한 점 놓았다.

"걔가 왜 마스크를 버리냐? 찢으라는 입은 안 찢고."

"은퇴라도 하나 보지. 셀프 은퇴 퍼포먼스 같은 거 아냐?"

"은퇴를 왜 해."

"이런저런 이유가 있겠지, 새끼야. 너는 꼭 네가 뭐 다 아는 것처럼 말하더라. 너도나도 다 마스크를 쓰고 다니는데, 뭐 색깔 좀 다르다고 그게 트레이드마크나 되겠냐? 그런 애들한 테는 그게 은근 중요하다고. 또 걔는 일하려면 사람들 앞에서 마스크 벗고 얼굴을 보여줘야 하는데 요즘 같은 때 마스크 내 리면 바로 따귀 날아오지. CCTV는 또 좀 많아? 한동안 확진 자들 동선 추적까지 했잖아. 운 나쁘게 확진자 입 찢지? 무조 건 걸려, 무조건. 또 그거, 자기 예쁘냐고 물어보는 것도. 요즘 세상에 그게 가당키나 하냐? 말하자면 시대상이 원하는 귀신 이 아닌 거지. 시대가 변했으니까 감수하고 물러나야지. 그게 진짜 스타다, 너?"

"미친놈, 어휴."

"이제 딱 두 군데 남았어. 나 살던 천호동이랑, 너 살던 녹 번동."

"안 가요, 안 가."

"아, 한 번만 가자 좀!"

"너도 이제 그만해. 진짜 마지막이야."

"뭐가?"

"너 이상한 놀이에 장단 맞추는 거. 바빠 죽겠는데 언제까 지 이럴 거야."

"놀다니?"

"처음에는 나도 그냥 신기하고 재밌어서 들어나 준 건데, 이쯤 하면 됐잖아."

"나 노는 거 아냐."

나는 계속되는 진영의 실없는 소리에 순간적으로 짜증이 솟구쳐 젓가락을 테이블 위에 거칠게 내려놓았다. 힘 조절을 잘못했는지 테이블이 흔들릴 정도의 강도였다. 그럴 생각까지는 없었으므로 조금 당황했지만, 진영이 아무리 떼를 써도 이번에는 순순히 물러나지 않겠다는 마음으로 진영의 눈을 마주 보았다. 그런데 진영이 이상했다. 평소의 장난기나 익살은 찾아볼 수 없었고 오른쪽 눈에는 금방이라도 쏟아질 것처럼 눈물까지 그렁그렁 고여 있었다.

"뭐야, 너 왜 그래?"

진영은 아무런 대답도 하지 않았다. 고개를 숙인 채 한참을 가만히 있던 진영은 앞접시에 놓인 고기를 입에 넣은 후 화장실에 다녀오겠다며 자리를 떠났다. 시간이 많이 소요되지도 않았고 돌아온 후에는 평소처럼 실없는 소리를 해댔지만 20년 동안 가장 가까운 곳에서 진영을 보아온 내 눈을 속일 수는 없었다. 술을 마시는 속도나 시선 처리 같은, 설명하기 애매한 무언가가 묘하게 평소와 달랐다. 아주 미묘한 차이였고 곧 완전히 이전의 진영으로 돌아오기도 했지만 지금 생각해보면 의구심이 든다. 그날 이후의 진영은 정말 이전의 진영과 같은 사람이었을까.

나는 집과 진영의 집을 왕복하며 사흘에 걸쳐 아주 천천히 진영의 집을 청소했다. 분리수거를 하고, 쓰레기를 모아 버리고, 헌옷수거함에 넣을 옷을 따로 정리하고, 바닥의 얼룩을 닦고, 싱크대에 쌓인 설거지를 하는 내내 진영의 죽음이 조금씩 더 선명하게 실감 나기 시작했다. 그러자 내가 놓쳐버린 그날의 진영이 사무치게 그리워졌다. 그날, 진영은 이미 내게 무언가를 말한 것이 아닐까. 자신의 상태와 자신의 선택을, 가장 중요하고, 가장 끔찍하고, 한편으로는 가장 간단한 방법으로. '빨간 마스크'에 대한 진영의 집착은 여전히 내가 이해할 수 있는 것이 아니었다. 그러나 언제부터인지는 알 수 없지만 진영이 오랜 시간 그것을, 적어도 그것의 존재를 진심으로 믿었고 내가 그것을 함께 믿기를 바랐다는 것만은 아무리 멍청해도 깨달을 수밖에 없었다. 나는 휴대폰을 꺼내 인스타그램을 켰다. 그리고 검색창에 천천히 익숙한 단어를 적어나갔다 '#빨간마스크'. 화면에 떠오른 게시물 몇 개를 둘러본 후, 나는 해시태그를 팔로우했다. 해당 해시태그가 달린 글이 올라오면 알람이 울리도록 설정해두는 것도 잊지 않았다.

진영의 어머니는 나에게 가지고 싶은 것이 있다면 가져가도 좋다고 말했다. 나는 깔끔해진 집 안을 둘러본 후 진영의 방으로 들어가 벽에 붙어 있던 지도를 떼어냈다. 그리고 진영의 책꽂이에서 유난히 낡고 밑줄이 많이 그어진 책 서너 권과 함께 그것을 종이가방에 넣어 들고 집을 나섰다. 나서면서는 몇 번이고 뒤돌아봤다. 이제는 이곳에 올 일이 없을 거라는 사실이 도무지 믿기지 않았다.

*

'마스크 키즈'의 첫 모임은 효창동에서 이루어졌다. 딱 효
창동이어야만 하는 별다른 이유가 있었던 것은 아니었다. 우
리는 우리가 잘 아는 우리의 동네를 사냥터로 정하는 것에 만
장일치로 동의했고 멤버들이 살고 있던 동네를 쭉 나열했을
때 그나마 거기가 중심이기 때문이었다. 채팅방에는 분명 여
섯 명의 사람이 있었는데 실제로 사냥에 나온 것은 다섯 명이
었다. 방장인 진영은 이번에는 생각보다 출석률이 높다고 했
다. 이전에도 이런 모임을 세 번 가져봤는데 두 번은 아무도
나오지 않았고, 한 번은 누군가 나왔지만 둘뿐이라는 사실을
알자 겁을 먹고 도망갔다는 말도 덧붙였다. 그런 말을 하면서
배를 잡고 깔깔 웃던 진영은 아무도 따라 웃지 않자 웃음을
멈췄다. 그러고서는 자신을 제외한 넷의 면면을 주의 깊게 훑
어보았다. 욕을 입에 달고 사는 여자아이, 파란띠를 도복 위
에 꼭 묶은 채 허세에 가득 찬 남자아이, 총 대신 휘두르기만
해도 구부러지는 장난감 야구방망이를 든 여자아이, 그리고
그들의 눈치를 보며 주위를 두리번거리던 나까지. 진영은 갑
자기 파란띠를 향해 삿대질을 하며 큰 소리로 말했다.

"너! 포마드 세 번, 빠르게!"

"포마드, 포마드, 포마드."

다음으로는 네 사람 모두에게 손바닥을 보여줄 것을 요청
했다. 넷 모두 손바닥에 붉은 펜으로 개 견(犬)을 써둔 상태
였다. 포마드를 1초 안에 세 번 말하거나 손바닥에 빨간색으
로 犬 자를 써두는 것은 당시의 아이들이라면 필수적으로 숙
지해뒀던 '빨간 마스크' 퇴치법이었다. 진영은 곧 만족스러운
미소를 지으며 박수를 쳤다.

"됐네. 이 정도면 잡고도 남겠어. 숫자도 딱 좋아. 원래 다
섯이 짜세지. 바이오맨이나 후레쉬맨이 괜히 다섯인 게 아니
거든."

방장인 진영의 말에 우리는 의기양양해져 서로를 바라보
았다. 그런 후에는 자기소개를 했다. 욕쟁이와 파란띠가 5학
년으로 가장 나이가 많았고 진영과 방망이가 4학년, 마지막
으로 내가 2학년으로 가장 어렸다. 욕쟁이와 파란띠는 자신
보다 어린 진영이 리더가 되는 것에 불만을 가졌지만 수많은
채팅과 오프라인 모임을 주도했던 진영은 그때 이미 베테랑
독재자였다. 자신에게 불만이 있다면 지금 당장 이 모임에서
빠지면 된다는 진영의 말에 욕쟁이와 파란띠는 잠시 따로 이
야기를 나눴다. 곧 돌아온 두 사람 중 욕쟁이가 말했다.

"아, 씨발. 됐어. 그딴 게 뭐 중요하다고."

그리고 우리는 곧바로 본격적인 '빨간 마스크' 사냥을 개
시했다.

진영은 방장답게 능숙하게 모임을 주도했다. 사전에 준비한 효창동의 '빨간 마스크' 목격담을 우리에게 공유하기도 했다. 효창동은 다섯 명의 아이들 중 방망이의 동네였다. 여러 목격담 중에서 우리가 주목한 것은 한 초등학교 앞에 있는 문구점 근처의 일화였다. 다른 목격담에 비해 '빨간 마스크'에 대한 인상착의가 굉장히 세세하게 묘사되어 있었다. 검은 머리에 긴 트렌치코트, 가느다란 허리에 비해 딱 벌어진 어깨, 그리고 새빨간 마스크까지. 목격담 속의 인물은 영락없이 우리가 알고 있던 '빨간 마스크'였다. 여기에 힘을 보탠 것은 동네 주민인 방망이의 말이었다. 방망이는 자신의 학교에 그 문구점 근처에서 '빨간 마스크'를 봤다는 아이가 있다고 했다.

"우리 처음부터 성공하는 거 아니야?"

진영은 잔뜩 힘이 들어간 목소리로 말했다. 솔직히 말하자면 나는 조금 겁이 났고 '이대로 집에 돌아갈까?' 하는 생각을 수십 번도 더 했다. 그러나 그럴 수는 없었다. '빨간 마스크'만 잡으면, 그러면 내게 찾아온 갑작스러운 변화를 원래대로 되돌리는 것과 더불어 중학생인 옆집 형이나 동네 친구들의 존경 어린 시선도 모두 내 차지가 되는 것이었다. 잘만 풀리면 싸움 한 번 하지 않고 2학년인 내가 학교 짱이 되는 것도 가능할 것 같았다. 싸움이 뭐 대순가, 나는 '빨간 마스크'를 잡았는데. 그렇게 생각하자 덜덜 떨리던 몸이 조금씩 진정되기 시작했고, 사실상 이미 '빨간 마스크'를 잡은 거나 다름없다는 생각까지 들었다.

하지만 우리는 그날 '빨간 마스크'를 만날 수 없었다. 마스크 없이도 길거리를 자유롭게 돌아다니던 시절이었다. 트렌치코트를 입은 여자를 몇 명인가 보긴 했지만 빨간색 마스크는커녕 하얀색 마스크를 쓴 사람조차 보지 못했다. 두 명(진영과 욕쟁이), 세 명(나와 파란띠와 방망이)씩 무리를 지어 수색하던 우리는 다시 문구점 앞에 모였다. '빨간 마스크'의 활동 시간에 맞춰 이른 저녁에 모였는데 어느덧 시간은 9시가 되기 직전이었다.

"우리 동네에는 없는 것 같은데?"

방망이는 어쩐지 환해진 얼굴로 이렇게 말했다. 그 아이를 제외한 나머지 네 사람은 오락기 앞 의자에 앉아 퉁퉁 부은 종아리를 주무르며 고개를 숙이고 있었다. 한참을 가만히 있던 진영은 다음 모임의 장소와 시간을 알려주었다. 이번에는 파란띠의 동네인 공덕동이었다.

다음 모임에는 방망이가 나오지 않았다. 우리는 넷이 되었다. 모두의 얼굴에 당황한 기색이 역력했지만 진영은 재빨리 분위기를 수습했다.

"넷도 좋지. 닌자 거북이도 넷이잖아! 근데 엄청 세잖아! 그치?"

우리는 진영의 말이 맞다고 말하며 고개를 끄덕였다. 그러자 진영은 공덕동의 '빨간 마스크' 목격담을 우리에게 들려주었다. 파란띠가 다니던 태권도장 근처의 목격담이 가장 유력해 보였다. 검은 머리에 긴 트렌치코트, 가느다란 허리에 비해 딱 벌어진 어깨, 그리고 새빨간 마스크까지. 틀림없었다. 더군다나 파란띠는 자신의 태권도장 친구 중에 실제로 도장 근처에서 '빨간 마스크'를 봤다는 아이가 있다고 했다. 우리는 또다시 기운을 내어 도장을 기점으로 그 주위를 샅샅이 찾았다. 결과는 뻔했다. 우리는 그날도 '빨간 마스크'를 만날 수 없었다.

"아, 걔 진짜, 거짓말한 거였네. 여기는 없네."

어쩐지 한 톤쯤 높아진 파란띠의 목소리를 들으며 나는 주먹을 불끈 쥐었다. 저 새끼, 노란띠였으면 한 번 붙어볼 수 있었을 것 같은데. 그런 생각을 하며 머릿속으로 파란띠를 무찌르는 시뮬레이션을 돌리던 중 진영이 부러 짜낸 높은 목소리로 다음 일정을 알려주었다. 다음은 욕쟁이의 동네인 화곡동이었다.

이번에는 파란띠가 나오지 않았다. 우리는 셋이 되었다. 욕쟁이는 약속 시간이 지나도 파란띠가 오지 않자 한숨을 쉬며 시원하게 욕을 내질렀다.

"아 개새끼, 존나 가오만 잡고 의리는 좆도 없네, 진짜."

낮고 잔잔한 목소리였다. 전혀 화가 난 것 같지 않아서 더 인상적이었다. 진영은 조금 지친 목소리로 말했다.

"3은 가장 완벽한 숫자라고들 하지. 벡터맨이나 파워퍼프

걸 같은 애들을 봐."

그러나 욕쟁이와 나는 대답하지 않았다. 진영은 머쓱한 얼굴로 화곡동의 '빨간 마스크' 목격담을 설명해주었다. 화곡동의 가장 큰 만화방 근처에서 '빨간 마스크'를 봤다는 내용이었다. 검은 머리에 긴 트렌치코트, 가느다란 허리에 비해 딱 벌어진 어깨, 그리고……. 거기까지 말하던 진영이 한숨을 쉬며 말을 멈췄다. 이번에도 욕쟁이는 자기 옆집 아줌마의 딸인 고등학생 언니의 친구가 그곳에서 '빨간 마스크'를 본 적이 있다고 하며 목격담에 힘을 보탰다. 어쩐지 시작도 하기 전에 결과가 눈에 보이는 듯했지만 우리는 이번에도 최선을 다해 그 근방을 샅샅이 수색했다. 하지만 역시는 역시였다. 우리는 두 시간에 걸친 수색이 무색하게도 '빨간 마스크'의 마스크 끈 한쪽도 발견하지 못했다. 욕쟁이는 거의 숨이 넘어갈 듯 허리까지 젖혀가며 웃었다. 한쪽 눈에는 눈물까지 고였다.

"여긴 그럼 없는 거네? 다음은 어디야?"

욕쟁이의 말에 진영은 고민에 빠졌다. 내 눈치를 보는 것 같기도 했다. 나는 주먹을 꼭 쥐고 진영의 말을 기다렸다. 여차하면 한 대 갈겨버리고 집으로 돌아갈 생각이었다. 그러나 진영은 곧 고개를 세차게 저으며 말했다.

"다음은 녹번동이야. 수요일 5시 반까지 모이자."

나는 나도 모르게 안도의 한숨을 내쉬었다. 진영은 앞니로 아랫입술을 꾹 깨물며 욕쟁이와 나를 번갈아 바라보았다.

"그래그래, 그러자."

욕쟁이는 그렇게 말하며 뒤돌아 걸어갔다. 그때 진영이 욕쟁이를 불러 세웠다.

"있잖아, 올 거지? 꼭 와야 해?"

"어어, 갈 거야. 간다고. 아니다. 야, 근데."

욕쟁이는 갑자기 가던 걸음을 멈춘 후 다시 뒤돌아 우리에게 다가왔다. 그때껏, 아니 어쩌면 지금까지도 내가 단 한 번도 보지 못한 얼굴이었다. 공포를 빚어 사람의 얼굴로 만들면 저렇게 될까. 고백하건대 나는 악몽을 꿀 때 여전히 가끔 그 얼굴을 마주할 때가 있다.

"너 씨발, 왜 반말이야? 나 내년에 6학년이야, 씨댕아."

압도적이었다. 언제나 당당하던 진영조차도 욕쟁이의 그 말에 시선을 바닥에 고정한 채 미동조차 하지 않았다. 욕쟁이는 진영을 노려보다가 진영의 머리를 거칠게 헝클어트린 후 천천히 우리에게서 멀어졌다. 이쯤 되면 너무 뻔한 말이지만, 욕쟁이를 본 것은 그때가 마지막이었다. 다음 사냥 날, 진영과 나는 내가 살던 녹번동에서 단둘이 만났다. 진영은 눈에 띄게 실망한 표정으로 아무런 말도 하지 않았다. 나는 진영을 위로하기 위해 열심히 머리를 굴려 2인조 히어로를 찾아보려 했다. 지우와 피카츄? 탱구와 울라숑? 그러나 아무리 생각해도 그들은 이기고자 노력하는 범인에 가까웠지 최강의 히어로는 아니었다.

그날 우리는 녹번동에 있는 한 속셈학원 근처를 샅샅이 뒤졌다. 우리 엄마가 원장으로 있던 학원이었지만 나는 진영에게 부러 그 사실을 전하지 않았다. 긴 생머리 어쩌고 트렌치코트 어쩌고, 말하나 마나인 목격담 속의 인상착의를 근거로 한 시간여 동안 근방을 수색하던 우리는 곧 수색을 포기했다. 진영은 다음 사냥 장소와 일시를 내게 말해주고 지하철역을 향해 뒤돌아 멀어졌다. 천호동, 수요일 5시 반. 목소리에도 걸음걸이에도 힘이 전혀 없었고 나는 멀어지는 진영의 뒷모습을 눈으로 좇으며 한동안 그 자리에 서 있었다.

*

어쩌면 너무 당연한 말이지만, 효창동과 화곡동에 찾아가도 방망이와 욕쟁이는 만날 수 없었다. 만화방과 문구점은 모두 각각 패스트푸드점과 편의점으로 바뀌어 있었다. 그렇다고 따로 연락할 방법이 있는 것도 아니었다. 나는 마지막 희망을 품고 공덕동으로 갔다. 다행히 태권도장은 그대로 태권도장이었다. 파란띠가 이곳에 다녔으니 어쩌면 기록이 남아 있을지도 몰랐다. 그런데 기록을 보여줄까? 개인정보보호법 괜찮나? 유튜버인 척을 해볼까? 별생각을 다 하며 도장 문을 열었는데 너무 익숙한 얼굴이 눈앞에 보였다. 키가 무척 자랐고 덩치가 커졌지만 그 얼굴만은 그대로였다. 이렇게까지 그대로일 수 있다는 것이 신기할 정도였다.

"무슨 일이실까요?"

나는 고개를 숙여 남자가 허리에 묶은 띠를 바라보았다. 20년의 세월은 파란띠를 검은띠로 바꿔놓았다.

"안녕하세요. '마스크 키즈'라고 혹시 기억하실까요?"

말을 하면서도 부끄러웠다. 좀 더 평범한 이름으로 지을걸. 그런 후회를 하고 있는데 놀랍게도 파란띠, 아니 검은띠 역시 나를 기억하고 있었다. 그가 먼저 손을 내밀어 내게 악수를 요청했고 나는 입구에 비치된 소독제를 손바닥에 펌핑한 후 골고루 바르고 그의 손을 맞잡았다. 검은띠는 나를 도장 구석에 있는 사범실로 안내했다. 나는 앞서 걷는 그를 천천히 따라갔다.

그는 자신이 다니던 태권도장의 사범이 되었다고 말하며 종이컵에 인스턴트커피를 타서 내게 내밀었다. 종이컵이 소주잔처럼 보일 정도로 손이 크고 두꺼웠다. 나는 그때 그에게 덤비거나 대들지 않았던 내 자신을 마음속으로 칭찬하고 또 칭찬했다.

"정말 오랜만이에요. 잘 지내셨나요?"

"네, 잘 지냈습니다. 그때부터 태권도는 계속하셨나 봐요."

"어쩌다 보니 그렇게 됐네요. 그런데 무슨 일로 찾아오셨을까요? 실은 깜짝 놀랐어요. 처음엔 누군지 기억도 못했으니까요. 20년이나 지나기도 했고."

검은띠는 그렇게 말한 후 종이컵을 입으로 가져가 커피를 한 모금 마셨다. 나는 마스크를 벗지 않았고 커피를 마실 생각도 없었다. 종이컵을 만지작거리며 어디서부터 이야기를 시작해야 할지 고민했다. 진영의 죽음, 아니 그 이전에 진영이 아직도 '빨간 마스크'라면 사족을 못 쓴다는 말부터, 아니 그 이전에 진영과 내가 여전히 친하게 지내고 있다는 사실을, 아니 그 이전에 진영이가 누군지부터, 아니 그 이전에 이 도장에서 발견되었던 빨간색 마스크에 대해, 아니 그 이전에 그 마스크가 최근 서울 곳곳에서 발견되고 있다는 말을, 아니 그 이전에……. 아무리 생각해도 정답이 없는 문제였다. 시작이라고 생각했던 것 이전에는 반드시 또 다른 시작이 있었다. 내가 한동안 대답을 하지 못하고 가만히 있자 그는 휴대폰을 꺼내 시간을 확인했다.

"조금 서둘러주시겠어요? 곧 다음 타임이 시작될 시간이어서요."

정중하고 부드러운 말투였지만 목소리에는 위엄이 있었다. 그는 강해 보였다. 자신이 지키고자 한다면 세상 그 어떤 것이라도 지킬 수 있을 것처럼. 그런 생각이 들자 나도 모르게 입 밖으로 말이 툭 튀어나왔다.

"저기요. 그때 왜 안 나오셨어요?"

"네?"

"그때요. 저희 몰려다니면서 '빨간 마스크' 찾아다닐 때. 갑자기 안 나오셨잖아요."

검은띠는 내 말이 채 끝나기도 전에 웃음을 터트렸다. 나는 기분이 조금 나빴다. 감정이 표정에 그대로 드러난 건지 내 눈치를 살피던 검은띠가 목을 가다듬으며 대답했다.

"죄송해요. 그게, 전에도 그때 같이 있던 사람 중에 한 분이 와서 그쪽이랑 똑같은 걸 묻고 갔거든요."

나는 그대로 굳어버렸다. 묻지 않아도 알 수 있었다. 이런 곳에 와서, 그따위 것을 물어보고 갈 정신 나간 사람은 진영 밖에 없었다. 내가 생각에 잠기느라 분위기가 가라앉았고 검은띠는 그것이 자신의 탓이라고 생각하는 듯했다. 그는 커피를 다 마셔 비어버린 자신의 종이컵에 냉수를 부으며 목소리 톤을 조금 높여 물어왔다.

"아직 친하게 지내시나 봐요. 부러워요, 오래된 친구가 있다는 게. 저는 20년이나 된 친구는 아직 없거든요. 두 분 취향이나 성향도 잘 맞으시는 것 같고. 서로를 잘 알겠죠? 말하지 않아도 서로 통하는 그런 것도 있겠죠?"

나는 아무런 대답도 할 수 없었다. 검은띠의 말들은 그 무엇 하나 우리에게 해당되지 않았다. 나는 그의 말을 역순으로 뒤집어 스스로에게 질문했다. 우리에게는 말하지 않아도 통하는 무언가가 있었나? 우리는 서로를 잘 알고 있는가? 취향이나 성향은 잘 맞았나? 우리는 친구인가? 진영이 죽기 전이라면 무엇 하나 망설이지 않고 고개를 끄덕일 수 있었던 질문들이 아주 빠른 속도로 내 곁을 스쳐지나갔다. 그때와 지금은 무엇이 변했나. 답은 뻔했다. 진영이 없었다. 그리고 내가 없었다. 서로에게 서로가 너무 당연해서, 가장 필요하고 절실했던 순간들에 우리는 우리 곁에 존재하지 않았다. 그렇게까지 죽이고 싶은 사람은 누구야? 그날은 왜 화낸 거야? 울기는 또 왜 운 거야? 진짜로 '빨간 마스크'를 믿는 거야? 그게 아니라면 네가 마지막까지 믿은 건 뭐야? 그런데 넌 왜 죽어버린 거야? 묻지 않아도 된다고, 언젠가 물을 수 있을 거라고 생각했던 질문들을 끝내 하지 못해 진영은 내게 전혀 알 수 없는 사람으로 남았다. 영원히 그럴 거라고 반쯤 체념하고 있었다. 그랬는데 지금 검은띠는 내가 진영과 같은 것을 물어왔다고 말했다. 나는 마지막 기회를 부여받은 것 같은 기분이 들었고 그만큼 절실해졌다.

"그래서 그때 뭐라고 대답하셨어요?"

나는 검은띠를 향해 물었다. 이것저것 묻거나 답하고 싶은 것이 많았지만 금방이라도 터져버릴 것 같은 눈물 때문에 너무 많은 말을 하는 것은 위험하다는 생각이 들었다. 검은띠는 종이컵에 반쯤 남은 냉수를 한입에 털어넣고 잠시 뜸을 들이다 대답했다.

"확인했으니까, 라고 했어요."

"확인이요?"

"네. 내가 괜찮다는 걸요. 우리 동네에는, 여기는 그런 것이 없으니까 나는 안전하다, 그런 걸 확인했으니까요. 지금 우리도 그렇지만, 어른들은 겁이나 줄 줄 알지 그런 건 잘 알려주지 않잖아요. 그걸 여러분이 대신 알려준 거라고 생각했어요."

"처음부터 그럴 마음으로 나오셨던 걸까요?"

"변명처럼 들리겠지만 그건 아니에요. 그냥 그걸 확인하니까 더 이상 흥미가 느껴지지 않았을 뿐이에요. 위험하기도 하고. 너무 이상하게 들리겠지만, 진짜 무서웠잖아요. '빨간 마스크'요."

"무서웠죠. 무척이나."

나는 그렇게 말한 후 마스크를 턱까지 내리고 식어버린 커피를 한 모금 마셨다.

"그분은 여전히 그대로시던데. 재밌었어요. 뜬금없이 찾아오시긴 했지만."

"아, 그게, 여기 도장에서 빨간색 마스크가 발견됐잖아요. 원래는 그거에 대해 물어보려고 왔던 거예요. 걔, 아직도 '빨간 마스크'라면 눈에 불을 켜고 쫓아다니거든요."

"네?"

"웃기죠? 저도 웃겨요."

나는 웃기다고 말하며 정말로 웃어버렸다. 문득 정말 오랜만에 웃어본다는 생각이 들었다. 언제나 나를 웃게 하는 것은 진영이구나. 진영에게도 내가 그런 존재였을까. 그런 생각을 하고 있는데 검은띠가 고개를 갸웃거리며 애매한 표정을 지었다. 무언가 할 말이 있는 것 같았다. 나는 가만히 앉아 검은띠의 말을 기다렸다. 잠시 고민하던 검은띠가 입을 열었다.

"아니에요. 그분 오신 날은 아직 빨간색 마스크가 발견되지 않았을 땐데요. 정확하진 않지만 일주일인가 더 전이었어요."

이건 또 무슨 말인가. 나는 도무지 이해할 수 없는 검은띠의 말에 순간적으로 머리가 새하얘졌다. 그러면, 그렇다면 애초에 접근 자체가 잘못됐다. 그 지도는 마스크가 발견된 곳을 표시해둔 것이 아닐 수도 있었다. 나는 아직 마스크가 발견되지도 않은 은평구 녹번동에 선명하게 그려져 있던 붉은 동그라미를 떠올렸다. 빨간색 마스크가 발견되기 시작한 것과 지도가 만들어진 것 중 무엇이 더 먼저였을까. 그 선후관계에 따라 진영의 역할은 전혀 달라질 수도 있었다. 그러나 진영이 사라진 지금, 그런 것을 물을 수 있는 사람은 아무도 남지 않았다. 지나가거나 사라진 것은 무슨 수를 써도 이전보다 더 잘 알게 될 수는 없으니까. 나는 정말 진영에 대해서 알고 있는 것이 아무것도 없었다.

"아무튼, 이제 슬슬 시간이 다 됐네요. 반가웠어요."

검은띠는 사범실 문을 열어주며 내게 인사를 건넸다. 나는 몸을 일으켜 검은띠를 향해 고개를 꾸벅 숙인 후 사범실을 나섰다. 도장에는 먼저 온 아이들이 자기들끼리만 아는 이야기를 하며 웃고 있었다. 아이들의 띠 색깔은 저마다 달랐다. 흰

띠, 노란띠, 밤띠, 빨간띠, 품띠, 검은띠까지. 서로 다른 띠를 매고도 함께 웃는 모습을 보자 이상한 기분이 들었다.

*

약속한 시간이 되어도 진영이 오지 않았다. 나는 약속 장소인 천호동 분식집 앞에 서서 떡볶이 냄새를 맡고 있었다. 사장님이 커다란 나무주걱으로 떡볶이를 휘저을 때마다 달큰한 냄새가 솟구쳐올라 군침이 돌았다. 튀김은 식어서 눅눅해졌는데도 고소한 기름 냄새가 진동을 했다. 6시가 갓 넘은 시간이었고 배가 너무 고팠지만 '빨간 마스크' 때문에 줄어든 코딱지만 한 용돈은 다 써버린 지 오래였다. 나는 시계 보는 법을 알고 있으면서도 괜히 사장님께 쭈뼛쭈뼛 다가가 벽에 걸린 시계를 가리키며 시간을 물었다. 냄새를 더 가까이서 맡기 위함이었다. 처음 한두 번은 친절하게 시간을 알려주던 사장님도 손님이 몰리기 시작하자 애써 내 말을 무시하기 시작했다. 6시 반이 지나고, 어쩐지 인상이 안 좋더라니, 그 누나 참 못된 누나였네, 그런 생각을 하며 집으로 돌아가기 위해 다시 역으로 걸어갔다. 천호동에서 녹번동은 어린 내게 있어 세상의 끝과 끝이었다. 갑자기 억울하고 서러워져서 걸어가는 내내 눈물이 나왔다. 바로 그때, 등 뒤에서 이제는 익숙해진 목소리가 들려왔다.

"야!"

나는 뒤돌아보았다. 그곳에는 진영이 있었다. 놀란 눈으로 나를 바라보며 울 것 같은 표정을 짓던 진영은 문득 정신을 차린 듯 내게로 달려와 우는 나를 안아주었다. 나는 나보다 고작 두 살 많은 진영의 품에 안겨 서럽게 울었다.

"뭐야, 너 왜 왔어?"

"오기로 했으니까 왔지, 이 나쁜 놈아."

"내가 미안해. 너도 안 올 줄 알았어."

"왜 안 와. 같이 '빨간 마스크' 잡기로 했잖아."

"그래, 그래. 내가 미안해."

진영은 품에서 나를 떼어내 내 얼굴을 바라본 후 눈물로 엉망이 된 내 눈과 양쪽 볼을 손으로 문질러 닦았다. 흐릿하던 시야가 밝아졌고 내 배에서는 꼬르륵 소리가 들렸다. 진영은 쓰러질 것처럼 웃으며 나를 분식집으로 데리고 들어갔다. 내가 돈이 없다고 말하자 진영은 괜찮다고, 자신이 잘못했으니 맛있는 것을 사주겠다고 말했다. 떡볶이와 튀김을 먹으며, 따뜻한 어묵 국물을 마시며, 그날 진영과 나는 잠시도 쉬지 않고 식사 내내 자지러지게 웃었다. 다 먹은 후 시계를 봤더니 어느덧 7시 반이 조금 넘은 시간이었다.

"누나, 어떡해? 우리 '빨간 마스크' 잡아야 하잖아."

"음. 아냐, 괜찮아."

"왜? 우리 그러려고 만난 거 아냐?"

"이제 아냐. 이제 그런 거 안 해도 만나서 놀고 그러면 돼."

그때는 진영이 이해가 되지 않았다. 자기가 그랬으면서. '빨간 마스크'를 찾아 꼭 죽이고 싶은 사람이 있다고 말할 거랬으면서. 지금 돌이켜 생각해보면 그건 놀라운 말이었다. 그러나 그런 걸 알아차리기에 나는 너무 어렸고 그저 옆에 앉은 진영을 멀뚱히 올려다보기만 했다. 진영은 내 눈을 똑바로 마주 보고 주변에 앉은 어른들의 눈치를 살피다가 내게 바싹 붙어 앉아 내 귓가에 속삭였다.

"있잖아, 수민아. 비밀인데. 사실 그런 건 없거든. 그러니까 찾아도 나올 리가 없지. 나는 이미 알고 있었어. 애초에 알고 있었어."

그것은 진영이 찾아 헤매던 것이 실은 '빨간 마스크'가 아니었다는 선언이었다. 여전히, 그것은 내가 살면서 들은 비밀 중에 가장 거대하고 충격적인 것으로 남아 있다.

이제는 꽃집이 되어버린 그 앞에 서서 나는 투명한 유리창 너머로 각양각색의 가을 꽃으로 만들어진 꽃다발들을 들여다보았다. 메리골드, 작약, 갈대, 구절초, 코스모스, 버들, 국화. 혼자서도 이미 아름다워 서로에게 어울리지 않을 것 같던 그 꽃들은 한데 모아두니 더 눈부시게 아름다웠다.

진영은 그날 더 이상 우리가 무언가를 찾으려 애쓰지 않아도 된다고 말했다. 그리고 그 곁에 내가 있었다. 나는 몸을 돌려 역을 향해 걸어갔다. 세상의 끝을 향해 걸어가는 기분이 들었고 이상하게 자꾸만 눈물이 터져나왔다.

*

각오는 했지만 상상 이상이었다. 밀린 업무 메일을 처리하고, 서류를 정리하고, 보고서를 작성하는 동안 나는 '빨간 마스크'는 쩝도 되지 않는 공포를 맛보았다. 아니, 아무리 그래도 그렇지. 사람이 자리에 없는 걸 알면 보통은 일을 좀 덜 주게 되지 않나? 아닌가. 오히려 이때다 싶어서 자잘한 것까지 다 몰아주려나. 어쨌거나 내가 없는 동안에도 내게는 이전과 다름없이 해야 할 일들이 주어졌고 조금 이상한 말일 수도 있지만 나는 그 사실로부터 얼마간 위로를 받았다. 사라진 후에도 변하지 않는 것과 변한 후에도 사라지지 않는 것에 대해 내가 할 수 있는 말이 아직은 조금 남은 느낌이었다.

태권도장 외에도 지도에 표시된 모든 지역의 모든 가게를 다 돌았지만 진영을 봤다는 사람은 아무도 없었다. 무엇보다 진영이 없으므로 더 이상 진영의 의도나 행적을 쫓는 것은 불가능했다. 그러나 그것이 영원히 불가능하고 진영에 관한 어떤 진실도 알거나 믿을 수 없게 된다 해도 나는 해시태그에 설정해둔 알람을 풀지는 않을 것이다. 이제 내게 남은 믿음과 진실은 진영이 그것을 마지막까지 믿으며 살았다는 사실 하나쁘니까.

그때 휴대폰이 짧게 울렸다. 나는 잠금화면을 풀고 인스타그램에 접속했다. 익숙한 해시태그가 포함된 피드가 휴대폰 화면을 가득 채웠다. 나는 고개를 들어 거의 백지 상태인 보고서를 한 번 바라보고, 다시 고개를 숙여 휴대폰 화면을 바라보았다. 지하철로 30분이면 도착할 수 있는 거리였고 마음만 먹으면 언제든 갈 수 있는 위치였다. 하지만 나는 어떤 일은 지금이 아니면 영원히 하지 못할 수도 있다는 것을, 한번 놓치면 영영 오지 않을 지금이 있다는 사실을 이제는 알고 있다. 나는 천천히 자리에서 일어났다.

다섯 번째 마스크가 발견된 곳은 은평구 녹번동의 어느 보습학원이었다. 내가 찾고 있는 것이 아직 그 주변을 배회하고 있을지도 몰랐다.

조금 불편한 사람들

이현석

이현석

2017년 중앙신인문학상을 통해 작품 활동을 시작했다. 소설집 《다른 세계에서도》, 장편소설 《덕다이브》가 있다. 젊은작가상을 수상했다.

눈 덮인 계곡마을 위로 은하수가 천장까지 뻗어 오른다. 쏟아지는 별빛 아래 고요히 잠든 마을의 가장 높은 곳에는 카프카의 소설에 등장할 법한 성채가 그려져 있다. 19세기 허드슨 강파의 화풍을 답습한 목가적인 이 그림의 흥미로운 지점은 성채의 위압적인 외관과 달리 성문이 활짝 열려 있다는 점이다. 누구라도 드나들도록 훤히 열어뒀는지, 누구도 쉬이 드나들 수 없기에 보란 듯이 열어둔 건지 알 수 없는 문은 사실적인 이 그림을 특별하게 만드는 도상이었다. 일전에 이 호텔에 왔을 때에도 나는 문지기조차 보이지 않는 저 문을 오랫동안 바라본 기억이 있다.

그러니까 그게 언제였더라, 헤아려보면 서진과의 5주년을 기념하려고 왔을 때였으니 벌써 4년이 넘었다. 그때 이미 동거를 하고 있던 서진과 나는 일상에서 벗어나고자 이곳 스위

트룸을 예약했다. 경복궁과 북악산이 한눈에 들어오는 조망에 감탄하면서 널찍한 침대에 몸을 뉘일 때만 해도 이즈음이면 결혼하지 않았을까 막연히 생각했는데 올해 초에 청첩장을 찍기 직전까지 갔으므로 완전히 막연했던 것만은 아니었다.

본 호텔 시설 내에서 우연한 만남은 허용되지 않으며…….

방역수칙을 안내하는 멘트에 풋 웃음이 나왔다. 사람을 만나는 일에서 기쁨을 누리는 편이 아니라 우연을 가장해서라도 모이려는 욕구를 이해하지 못했고 시시각각 바뀌는 사적 모임 허용 인원에도 무관심했다. 오늘도 은화와, 아니 혜린과 간만에 만나는 일이 아니었다면 퇴근을 하고 곧장 집으로 갔을 것이었다. 나는 그림을 보는 동안 잠시 내려두었던 종이 가방을 집어 들었다. 뒷짐을 지고 약속 장소인 중식당 쪽으로 걸어가니 종이 가방 안에 든 선물이 허벅지 뒤를 두드렸다.

좋은 일?

혜린이 커플 동반으로 보자고 했다는 말을 서진이 전한 것은 지난주 초였다. 한때는 가깝다고 할 만한 사이였으나 이제는 멀어졌다 여겼기에 혜린이 고급 식당에서 저녁을 사겠다고 한 이유를 되묻지 않을 수 없었다.

말해 뭐 해, 임신이지.

서진은 뭐 이런 바보가 다 있느냐는 듯이 제 무릎을 베고 누운 나를 보았다. 혜린이 결혼한 지 3년이 넘었으므로 당연한 일인지도 몰랐다. 하지만 나는 너무 놀라 원래 말하려던 것보다 더 크게 대박,이라 외치며 소파에서 몸을 일으켰다.

참 다행이고 대단하다, 그지?

말했잖아. 개는 특별해. 모범생을 넘어 우등생이야, 최우등생.

심드렁하게 말하는 서진의 입가에도 미소가 번졌다. 혜린의 임신은 단순히 아이가 생겼다는 것 이상의 의미였다. 우리는 그게 무슨 의미인지 잘 알았다. 최근에 우리 곁에 생긴 다른 어떤 이벤트보다 축하해야 할 일이라는 데에도 이견이 없었다. 나는 곧장 우리 아이라도 생긴 양 인터넷 쇼핑몰을 헤맸고 고민 끝에 주문한 결과물이 손에 들려 있었다.

그나저나 혜린과는 얼마 만에 보는 거였나, 생각하면서 에스컬레이터를 타고 올라가던 나는 그의 결혼식을 앞두고 모였을 때가 마지막이었음을 깨닫고는 머쓱해졌다. 예비신랑이 자리를 비울 적마다 저렇게 훤칠한 남자는 어디서 만난 거냐며, 다시는 남한남자 안 만날 것처럼 굴더니 임자 한번 제대로 골랐다고 떠드는 조선말에 나도 폭소로 동참했으나 막상 예식 당일에는 소설 마감이 임박한 탓에 우는소리를 하며 서진에게 축의금을 맡겼다. 그 뒤로도 두어 번 보지 않았나 싶었는데 아니었다. 서진이 혜린의 이야기를 자주 하다 보니 나도 만났다고 착각했을 뿐이었다.

은화와 서진, 그리고 나는 한때 같이 지냈기에 그렇게 착각하는 것도 무리는 아니었다. 우리가 만난 곳은 경기도 안

성에 소재한 하나원으로, 은화가 한국에 왔을 때 통일부 산하기관 연구원이었던 서진은 그곳으로 파견을 나와 있었고 나도 거기서 공중보건의로 군 대체복무를 하고 있었다. 하나원에서 3년간 복무한 끝에 나는 양재에 있는 모교 병원으로 돌아갔는데 서진이 파견을 끝내고 복귀한 본원도 조달청 근처였다. 언제 밥이나 한 끼 먹자고 했던 것이 세 끼, 네 끼가 되고 한 해, 두 해가 지나 사귀는 사이가 되었을 즈음 서진은 선임연구원으로 진급했고, 비슷한 시기에 혜린으로 개명한 은화가 동향 출신 국회의원의 보좌관실로 들어가면서 개인적으로도 친했던 둘은 공적으로도 떼려야 뗄 수 없는 사이가 됐다.

예사롭지 않은 속도로 적응해가는 은화를 두고 서진은 때때로 혀를 내둘렀다. 그저 적응한 정도가 아니라 여기서 태어난 사람 같다는 것이었다. 혜택을 노리고 탈북자 신분을 사서 들어온 조선족도 이 정도는 아니라는 말에 나는 자기야,라며 서진을 불렀다. 탈북자 아니고 북한이탈주민, 조선족 아니고 재중동포. 서진은 코웃음을 쳤다. 니 잘났다, 내가 너보다 몰라서 그러겠냐? 때마다 딴죽을 거는 나를 때마다 타박하면서도 서진은 입에 익은 말을 고치지 않았다.

중식당 입구로 들어서니 마스크를 쓴 지배인이 큐알코드를 찍으라 했다. 두 손으로 알코올 소독제를 짜주며 예약 여부를 묻는 지배인에게 혜린의 이름을 댔다. 로비처럼 어두운 중식당 내부는 검은색과 녹청 색상이 어우러져 황실의 은거지 같은 느낌을 주었다. 지배인은 나를 식당 모퉁이에 있는 방으로 안내했다. 그가 미닫이문을 열자 통유리로 된 외벽 두 면으로 해질녘의 혼모한 빛이 쏟아져들어왔다. 방에는 아무도 없었고 메뉴판과 물컵 따위가 세팅된 원탁 위에 청자색 디오르 핸드백 하나만 덩그러니 놓여 있었다.

어디 갔나?

혼잣말을 한 나는 핸드백이 놓인 자리 맞은편에 앉았다. 옆자리에 종이 가방을 올려두고서 의자 쿠션에 등을 기대자 창밖으로 동화면세점 앞 광장이 내다보였다. 재택근무가 많아졌기 때문인지 퇴근 시간임에도 정장 차림의 직장인은 드물었다. 그들을 대신해 거리를 채우는 것은 지극히 주술적인 풍경이었다. 지하철 전도자와 비슷한 행색을 한 이들이 삼삼오오 모여 제각각 피켓과 깃발을 흔들었다. 멀리서도 그들 목에선 핏대가 선명했지만 방음은 철저해 지루한 무성영화를 보듯 밖을 보고 있는데 문이 열렸다.

선생님!

익숙한 중저음에 고개를 돌렸다. 은화가 손을 흔들며 다가오고 있었다. 마스크 안에서 입꼬리가 올라간 나는 자리에서 일어나 그와 주먹을 마주쳤다.

이게 얼마만이에요?

그러게요. 선생님은 여전히 동안이시다. 피부 탱글탱글한 거 좀 봐.

살쪄서 그래요, 살쪄서. 은, 아니 혜린 씨야말로 하나도 안 변했는데요? 어쩜 그대로예요?

으이그, 제 얼굴 보이기나 하세요? 이젠 없는 말도 잘 지어 내시고, 그간 세상 때 많이 묻으셨습니다?

혜린이 마스크를 낀 채로 치는 농에 나는 소리 내어 웃었다. 못 본 세월이 무색할 만큼 우리는 금세 격의 없어졌는데 그가 변하지 않았다는 말은 실로 사실이 아니었다. 주인을 제대로 찾은 듯한 중단발 커트머리와 따스한 톤의 재킷 정장 원피스는 하나원 시절까지 갈 것도 없이 혜린이 은화였을 때만 해도 떠올리지 못할 도회미를 풍겼다. 키도 컸나 싶어 아래를 보니 굽이 높은 스틸레토 힐을 신고 있었다. 임산부에게는 위태해 보이는 감이 없지 않아 나는 팔을 저으며 어서 앉으라고 보챘다.

서진 언니는 늦는다면서요?

혜린이 자리에 앉으며 물었다.

벌써 들으셨군요? 이 시국에 무슨 대면 회의를 한다고 그러는지…… 왜 며칠 전에 북에서 미사일 쐈잖아요. 그거 때문인가보더라고요. 어? 그럼 혜린 씨도 바쁘지 않아요? 주 의원도 외통위 소속이잖아요?

아, 저 비서일 그만둔 지 좀 됐어요. 요즘엔 북대에서 공부하고 있고요. 북대 아시죠? 북한대학원대학교.

그럼요. 서진이도 거기 다녔잖아요. 그 덕에 삼청동서 데이트 많이 했죠. 근데 혜린 씨 집이 어디였죠? 북대랑 거리가 좀 있었던 것 같은데…….

노원구요. 지금도 먼데 이사하면 더 멀어지게 생겼다니까요.

혜린이 질색을 했다. 이사는 최근 나의 고민이기도 한바, 이사하시는구나?라며 반색을 한 내가 어디로 가시게요?라고 묻는데 미닫이문이 열렸다. 종업원이 은색 쟁반을 받쳐 들고 안으로 들어왔다. 선홍빛 음료가 담긴 잔을 내려놓으며 백주 베이스에 꽃잎차를 블렌딩한 식전주라고 설명한 그가 일행이 모두 오면 주문하겠느냐고 물었다.

서진이는 먼저 먹으라던데 어쩔까요?

그럼 한두 가지 시킬까요?

혜린이 메뉴판을 들추며 심상하게 되물었다.

남편분은요?

그이도 늦게 끝나서 아직 사당이래요. 과천서 서울 들어오는 길이 좀 막혀요? 그냥 지하철 타고 다니래도 매번 가져가서 그 고생이라니까요.

고개를 절레절레 흔들면서 메뉴판을 훑어보던 혜린이 생소한 음식 몇 가지를 손가락으로 짚었다.

저 여기 자주 왔었거든요. 헤드셰프가 광둥성 출신이라 그쪽 요리로 좀 먹다 보니까 이 흑차슈랑 예즈지가 괜찮더라고요. 탕류는 예즈지 말고 동과탕도 좋았고요.

흑차슈는 일본 라멘에 올라가는 그 차슈 말하는 거죠?

네. 그런데 돼지고기 말고도 오리고기, 거위고기 같이 해서 모둠으로 나와요. 어떻게, 괜찮으시겠어요?

당연하죠. 탕은 어떤 걸로 시킬까요?

동과탕 드셔보실래요? 이건 저희 고향에서도 보신할 때 종종 먹던 거예요.

저야 뭐든 좋습니다.

나는 토를 달지 않았다. 그보다는 이 식당이 자주 올 만한 곳인가 싶어 괜스레 두리번거렸다. 혜린이 메뉴를 주문하자 종업원이 소스와 재료, 육수 종류 같은 세부사항을 물었다. 알아서 뺄 건 빼고, 더할 건 더하는 혜린을 멀뚱히 보던 나는 창밖으로 시선을 돌렸다. 종업원이 내게도 뭔가 물어볼까 봐 피한 것이었는데 진짜 곤란한 일은 그가 나간 뒤에 벌어졌다.

혜린은 종업원이 나가자마자 마스크를 내렸다. 임산부의 입으로 향하는 술잔을 보면서 나는 속으로 어, 어, 거렸다. 살짝 맛을 본 혜린이 눈살을 찌푸리는 모습에 지금이라도 말려야 할 것 같아 입을 떼려는데 그가 잔을 도로 테이블에 내려놓았다. 어련히 알아서 하겠거니 싶으면서도 나는 가슴을 쓸어내리지 않을 수 없었다. 놀란 가슴을 진정시키기도 전에 마스크를 올린 그가 아무 일 없었다는 것처럼 요즘엔 공무원이 동네북이라는 말로 남편의 지각을 감쌌다. 보건과나 위생과도 아닌데 선별 진료소니, 수동 감시니 온갖 곳에 동원되어

초과근무에 시달리고 있다는 것이었다. 많이 힘들겠다며 장단을 맞추는 내게 혜린이 연민 가득한 목소리로 말했다.

그래도 선생님만 하겠어요? TV 나오는 병원 사람들 보면 제가 다 안타깝더라고요.

아닙니다. 초반에야 코 찌르러 나가고, 감염자 격리시킨다고 정신없었지, 요즘엔 외래가 줄어서 되레 코로나 전보다 편해졌어요. 다들 손 잘 씻고 마스크도 꼬박꼬박 쓴 덕분이죠. 아무리 좋은 치료라고 해도 예방만 못한 법이거든요.

종편에 나오는 쇼닥터처럼 재잘거리던 내가 목소리를 낮췄다.

그런데 혜린 씨 혹시…….

혜린이 응? 하는 눈으로 말끝을 흐리는 나를 보았다.

백신은…… 맞으셨나요?

나는 스스로 생각하기에도 다소 과하다 싶을 만큼 조심스럽게 물었다. 조심하지 않을 수가 없었다. 바야흐로 백신 접종이 어떤 바로미터가 된 세상 아니었나. 내 주변이야 빨리 접종하지 못해 안달난 사람뿐이라 안티백서란 실존하는 집단인가 싶을 때도 있었지만 창밖으로 나부끼는 깃발에 적힌 문재인과 5G와 원격조종이 뒤섞인 문구만 봐도 세상이 기를 쓰고 농담을 하는 것이 아님은 분명했다. 혜린은 잠깐 어리둥절해하다 웃음을 터트렸다.

선생님! 맞았으니까 여기 들어왔죠. 들어오실 때 큐알코드

안 찍으셨어요?

아? 그러네요. 허허허, 제가 무슨 말을, 허허.

듣고 보니 너무 맞는 말이었다. 나는 멋쩍게 웃었다. 결과적으로 허술한 조심성이 됐지만 접종을 안 했을지도 모른다고 생각한 데에는 그만한 이유가 있었다. 전 국민 접종이 시작된 이래 나는 사나흘에 한 번 꼴로 임산부가 백신을 맞아도 되냐는 질문을 받았다. 그때마다 당연히 가능하며, 외려 접종을 해야 코로나19 감염 시 조산 위험을 예방하고 중증도를 낮출 수 있다고 설명했다. 그럼에도 접종을 주저하는 사람은 적지 않았는데, 불안도 인지상정이라 꼭 맞아야 한다고 거듭 말하기란 쉽지 않았다. 때문에 나는 혜린이 접종을 안 했더라도 이해하겠노라, 일찌감치 마음먹었으나 애당초 내가 대단한 배포를 발휘할 필요조차 없었음을 깨닫자 안도감마저 들었다.

선생님은 벌써 맞으셨죠?

저야 5월에 백신 들어오자마자 맞았죠. 다음 달이면 벌써 3차 접종입니다.

으…… 안 아프셨어요?

그럴 리가요. 오지게 아팠습니다.

나는 껄껄 웃으며 대답했다. 첫 접종 때는 대한민국에서 첫 접종이나 다름없어 요령도 없었다. 병원 직원 500여 명이 하루 만에 접종을 끝낸 다음날, 너나 할 것 없이 좀비처럼 돌아

다녔던 기억을 유쾌하게 덧칠하여 말하자 혜린이 마스크를 끌렀다.

그러셨구나. 선생님도 아프셨구나.

중얼거린 혜린이 물을 홀짝였다. 테이블에 내려놓은 컵에서 손을 떼지 않은 채로 시울을 툭툭 두드리던 그가 마스크를 올렸다. 그러고서 조금 낮아진 목소리로 말했다.

저는 너무 고생해서 2차 접종은 안 하려고요.

'꺼려진다'나 '걱정된다'가 아니었다. 안 하겠다고 명토를 박는 말에 나는 당황했다. 속내와 달리 내 입에서는 아이고 어쩌나, 심하게 앓으셨나 봐요, 고생 많았겠어요, 지금은 괜찮으세요?와 같은 공감의 언어가 반사적으로 튀어나왔다. 혜린은 지금은 나아졌다고 말하면서도 고개를 저었다. 그의 말에 따르면 부작용은 주사를 맞은 날 저녁부터 시작됐다. 가슴이 답답해지더니 다음날에는 숨이 차서 제대로 걷지도 못할 지경이 됐다는 것이었다. 계단 서너 개만 올라도 쌕쌕대기 일쑤였고 숨이 가빠오면 가슴에 통증도 느껴졌다. 증상은 보름가량 지속되다 차차 잦아들었는데 그 보름 동안은 나아질 기미가 없어 심적으로 피폐해졌다는 말도 덧붙였다.

걱정하실 만하네요. 그래도 회복돼서 다행입니다.

걱정되다 마다요. 혈혈단신으로 넘어와서 앞만 보고 살았는데 건강 잃으면 다 무슨 소용이에요. 이거 보세요. 폰만 열었다 하면 백신 맞고 잘못됐다는 사람들 이야기뿐이잖아요.

혜린이 자기 휴대전화를 흔들면서 말했다. 포털 뉴스 화면을 보여주려는 것이었을 텐데 세차게 흔드는 바람에 큐알코드가 떴다.

그…… 언론이 참 문제죠. 허허.

나는 웃음으로 말을 흘려보냈으나 그 말은 더할 나위 없는 진심이었다. 불과 몇 달 전만 해도 백신이 들어오지 않아 죽겠다고 떠들던 언론은 막상 접종이 시작되자 백신 때문에 죽는다고 떠들기 시작했다. 인터넷 커뮤니티나 국민청원 사이트에 올라오는 사례를 아무 검증도 없이 보도하는 행태를 보면 울화가 치밀었고, 인과성과 상관성에 대한 기본적인 이해도 없이 쏟아내는 기사를 보면 이건 중범죄가 아닌가 싶어 분노가 솟구쳤다.

그렇다고 한들 혜린 앞에서 분기탱천한 모습을 보여야 할 까닭은 없었다. 나는 구글에서 '림프절 모식도'를 찾아 휴대전화 화면에 띄웠다. 혜린이 말한 증상은 예방접종에 따르는 림프절종대로 대부분 설명이 가능했다. 몸 곳곳을 주행하는 림프관은 평소에는 얌전히 있다가 균이나 바이러스 같은 외부물질이 들어오면 맹렬하게 반응한다. 림프관이 합류하는 부분은 점처럼 볼록하게 림프절을 형성하는데 목과 가슴에 림프절이 많이 분포하다 보니 면역반응이 유발되면 이것이 부풀어올라 압박감이나 흉통 따위를 일으킨다. 내 설명을 듣고 있던 혜린이 납득이 가지 않는다는 듯이 물었다.

모든 예방접종에서요?

정도의 차이야 있겠지만, 네.

나는 차분하게, 그러나 확신을 담아 답했다.

그런데 왜 전에는 이러지 않았을까요?

누구나 처음은 있는 법이니까요. 전례 없는 대규모 접종이 니 처음 겪는 사람은 더 많았겠죠. 말씀드렸잖아요. 저도 아 팠다니까요? 열도 많이 났고, 두통도 심했고, 어깨 근육통은 일주일 넘게 갔어요. 한창 아플 때는 진짜 이 정도밖에 못 움 직였습니다.

나는 전기가 통한 것처럼 왼쪽 어깨를 움찔거렸다. 내가 겪 은 증상을 구체적으로 말하고 나니 혜린은 그제야 수긍이 갔 는지 고개를 끄덕였다.

선생님. 오해는 마세요. 저 고향 있을 적에도 예방접종 때 마다 다 맞은 사람이에요.

제가 혜린 씨를 왜 오해합니까. 그런데 북에 있을 때는 못 빼먹은 거 아닌가요? 당의 은총인데? 감히?

사목하는 목회자처럼 두 손바닥을 위로 펴 보이며 어깨를 으쓱거리자 혜린이 픽, 하고 웃었다. 웃음과 함께 은은히 감 돌던 긴장은 사라졌지만 바로 그러했기 때문에 나는 추가접 종이 필요하다는 말을 덧붙이지 못했다. 혜린은 한결 편안해 졌는지 두 팔을 테이블에 포개어 올리고는 웃음기 섞인 목소 리로 말했다.

앓는 동안 정말 많이 찾아봤거든요. 말도 안 되는 내용도 엄청 많은 거예요.

그 말에 내가 창밖을 향해 검지를 뻗었다. 어둑해진 광화문 곳곳에는 여전히 피켓과 깃발을 든 사람들이 서 있었다. 몸을 뒤로 틀어 문구를 읽던 혜린이 피켓 하나를 가리켰다.

저 쉐딩현상이라는 거 들어보셨어요?

글쎄요. 뭔가요?

저게 제일 황당한 건데, 백신을 접종한 사람 옆에만 가도 백신 부작용이 생긴다는 거예요. 몸 안에 들어온 백신이 다시 공기 중으로 퍼진다나 뭐라나. 저, 저 보세요. 빌 게이츠가 코로나 바이러스를 만들었다고 하지를 않나, 송전탑이 바이러스를 퍼트린다고 하지를 않나. 왜들 저러는지 모르겠어요.

전들 알겠습니까. 그저 안타까울 뿐이죠.

혼잣말처럼 말한 내가 헛헛하게 웃었다. 밖을 내다보며 혀를 끌끌 차던 혜린이 다시 몸을 돌려 나를 마주 봤다.

그런데 선생님. 국회에서 일하다 보면 별별 텔레그램방에 초대되거든요. 어쨌든 여의도잖아요. 주워들을 만한 게 올라오니까 나가질 못하고 있었는데 요샌 죄다 백신 이야기란 말이죠. 지겹다, 지겹다 하면서도 뭐가 있나 싶어서 보다 보면 어이없는 것만 올라오는 건 또 아니란 말이에요. 어느 방에서 봤더라? 모 의원 비서관님이 엠바고 걸린 기사라며 올려주셨는데 지금 맞는 백신이 프로토 타입이라고 하더라고요.

게임체인저가 될 진짜 백신은 사실 개발이 끝난 상태고 그쪽 제약회사 회장이랑 트럼프가 언제 풀지를 두고 협의 중이라고……

차츰 진지해지는 말투에 나도 모르게 컹, 하고 코웃음이 나왔다. 말을 멈춘 혜린이 나를 힐끔거렸다. 나는 무심결에 나온 본심이 가급적 무례해 보이지 않도록 눈웃음을 지어 보였다.

역시나, 뜬소문이겠죠?

혜린이 웃는 낯으로 물었다.

아마도 그렇겠죠? 제 생각에는 이…… 백신이 예상보다 너무 빨리 나왔잖아요. 그래서 오히려 말이 많은 것 같아요. 솔직히 전문가입네 하는 사람들도 이렇게 빨리 나올 거라고는 예상 못했을 걸요? 제가 학생 때만 해도 RNA 바이러스는 백신을 만드는 게 불가능에 가깝다고 배웠으니까요. 지난겨울 한번 생각해보세요. 베타니, 델타니 하면서 변이는 계속 나오지, 백신은 없지. 얼마나 암담했습니까? 앞으로 몇 년을 그렇게 살아야 할지 짐작도 안 갔는데 1년 만에 뚝딱 나왔으니……

맞아요. 시간이 너무 없었죠. 검증이 부족할 수밖에요.

혜린이 몹시 걱정된다는 투로 말했다. 나는 말문이 턱 막혔다. 내 말에는 현대과학의 성취에 대한 경탄이 얼마간 담겨 있으나 혜린은 전혀 다른 곳에 방점을 찍은 것 같았다.

나는 조금 피로해졌고 가타부타 말을 하지 않았다. 그러자 혜린이 몸을 살짝 앞으로 기울였다.

선생님.

네.

위험이 제로인 건 아니잖아요.

저도 그렇게 생각하지는 않습니다만…….

그러니까, 우리가 아직 모르는 위험이 없다고는 할 수 없는 거잖아요. 선생님 말씀처럼 얼마 전만 해도 RNA 백신이 불가능하다고 했다면서요? 지금이야 다들 괜찮다고 하지만 나중엔 어떻게 바뀔지 모르는 거 아닌가요?

나를 빤히 보며 묻는 혜린을 힐긋 보는데 언젠가 서진이 했던 말이 떠올랐다.

참, 디피컬트하군.

난처했다. '빨리 나왔다'와 '검증이 부족했다'라는 명제가 상호 독립적이라는 사실부터 못 박아야 할지, 예전에 틀렸던 사례를 안다는 것이 지금 내가 옳다는 증거가 될 수 없다는 준칙부터 설명해야 할지, 과학의 불완전성이나 집단면역의 원리에 대해 개괄적인 강의라도 해야 할지 머리를 굴려보았으나 어떻게 답하더라도 도돌이표를 돌 것만 같았다. 그래서 나는 세상 무해하게 활짝 웃어 보였다.

그럼요, 당연하죠!

좋은 날이지 않나. 좋은 날, 좋은 자리에서 좋은 이야기만 해도 모자란 시간이었다. 본래 내려던 것보다 훨씬 밝은 목소리로 말하고 나니 나도 그 말이 진심처럼 느껴졌다. 나는 한결 편안해졌고 우리는 더 이상 백신을 화제에 올리지 않았다. 대신 우리는 여느 회우처럼 과거를 질료 삼아 수다를 떨기 시작했다. 현재와의 시차만큼 가벼워진 마음으로 기억 저편에 묻어두었던 이들을 하나둘 소환하는 시간은 분명 즐거웠으나 나는 종종 주의가 흐트러졌는데 그것은 방금 전에 떠올랐던 단어가 자꾸만 머릿속을 맴돌아서였다.

뭐랄까. 기본적으로 디피컬트하달까.

수년 전 어느 밤, 모임이 파하고 지하철 막차를 기다릴 때였다. 알딸딸하게 취해 새롭게 배운 북한 노래를 흥얼거리던 나는 서진이 중얼거리는 말에 고개를 옆으로 돌렸다.

디피컬트?

어. 느낌 오지?

서진은 단단히 기가 빨린 목소리로 되물었다. 그즈음 우리는 서진이 담당했던 하나원 교육수료생들의 동기 모임에 같이 참석하는 경우가 잦았다. 정작 하나원에서 일할 때는 교육생들과 거리를 두었던 내가 뒤늦게 모임에 따라 나간 까닭은 연애 초기의 잘 보이려는 마음 때문이긴 했지만 그 모임을 진심으로 좋아했던 것 또한 사실이었다.

느낌 안 와?

글쎄…… 디피컬트보다는, 디퍼런트한 거 아닐까?

디퍼런트 같은 소리 하고 앉았네.

서진이 같잖아 했다. 만취한 은화를 말리랴, 그에 동조하는 사람들을 진정시키랴 녹초가 되어 호프집을 나온 직후였다. 모두가 취했던 만큼 수료생들의 안전이 무엇보다 중요한 서진으로서는 힘든 저녁이었을 것이다. 거나하게 취했던 이들은 모두 남한 사회에 갓 입성해 저마다 고군분투 중이었고, 이곳에서의 고군분투는 고향에서의 삶과는 다른 종류의 치열함을 요구했다. 데시벨을 높여가며 이어지는 이곳에 대한 성토에 분연히 맞장구를 치다 보면 나는 피상적으로만 접촉해왔던 세계에 밀접하게 접속하는 기분이 되곤 했는데 그래서인지 서진이 덧붙인 말이 조금은 불편하게 느껴졌다.

야. 애당초 그쪽에 핏한 사람은 넘어오지를 않아.

냉소적인 한마디에 진한 피로감이 느껴졌다. 나는 조용히 고개를 주억였으나 곱씹을수록 반발심이 드는 건 어쩔 수 없었다. 핏하지 않으면 디피컬트한 인간인가. 설령 그렇다고 한들 그게 그렇게 잘못된 건가. 그럼에도 이런 생각을 입 밖으로 뱉지 못한 까닭은 어떻게 남한이 북한만도 못하냐며 호프집을 쩌렁쩌렁하게 울리는 은화의 목소리에는 나도 정신이 번쩍 들어 황급히 주변을 살펴야 했기 때문이었다.

저기, 선생님.

혜린이 부르는 말에 내가 자세를 고쳐 앉았다. 눈꺼풀을 치올리면서 계속 듣고 있었다는 척을 하기 무색하게 혜린은 내가 아닌, 내 옆자리를 지그시 보며 물었다.

아까부터 궁금했는데, 저건 뭔가요?

아, 이거요?

나는 종이 가방 손잡이를 집으면서 되물었다. 되묻는 입가에 미소가 번졌다. 그래, 좀 디피컬트한 게 뭐 대수라고. 종이 가방을 들어 올리면서 생각했다. 이만큼 훌륭하게 정착했으면 된 거 아닌가. 나는 선물을 고를 때와 같이 들뜬 마음이 되어 종이 가방을 테이블에 눕혔다.

혜린 씨. 두두스토리 아시죠?

종이 가방 안에서 검은색 상자 윗부분을 슬쩍 꺼내 보이며 물었다.

무슨 스토리요?

두두스토리 그림자극장이요. 국민육아템. 못 들어보셨어요?

혜린은 생전 처음 듣는다는 듯이 고개를 저었다.

야아, 이걸 모르셨구나. 차라리 잘됐다. 제가 제대로 골랐네요.

쾌재를 부른 나는 휴대전화로 상품을 검색했다. 맨 위에 뜨는 쇼핑몰로 들어가 제품 설명 하단에 있는 동영상을 터치하니 아늑한 방 안에 나란히 누워 있는 엄마와 아기가 나왔다. 나는 혜린 쪽으로 화면을 돌렸다. 영상 속의 엄마는 검은 상자 안에 있는 것과 똑같은 원통형 환등기에 팩을 꽂아넣었고,

환등기가 돌아가면서 그림자극이 흰 벽에 영사됐다. 그림자극에 맞추어 스피커에서 동화 낭독이 흘러나오자 아기가 벽을 향해 손을 흔들다가 엄마 곁에서 새근새근 잠들어갔다. 홀린 듯이 영상에 빠져든 혜린을 흐뭇하게 쳐다보고 있는데 그가 고개를 들었다.

요즘엔 진짜 별게 다 있네요.

그죠? 참 신기해요.

그런데 이건 왜 가져오셨어요?

선물이죠. 혜린 씨 드릴 선물.

제 선물이요? 저한테 왜 이런 걸……?

에이, 당연한 말씀을. 아기 가지셨잖아요. 요즘 이게 그렇게 잘나간다고…….

제가요? 제가 임신을 했다고요?

혜린이 화들짝 놀라 목청을 높였다.

아닌가요? 서진이한테 듣기로는…….

네? 언니가 그랬어요?

혜린의 얼굴이 금방이라도 물음표로 변할 것만 같았다. 당혹스럽기는 나도 마찬가지라 말소리가 점점 기어들어갔다.

아니, 그…… 좋은 일이 있으시다고…… 분명히 그랬는데…….

좋은 일이요?

재차 묻던 혜린이 불현듯 아! 하고 외마디를 냈다. 그러고

160

는 실성한 사람처럼 폭소를 터트렸다. 쉴 새 없이 웃어대는 바람에 나는 영문도 모른 채 허허, 하고 따라 웃었는데 가까스로 웃음을 멈춘 그가 숨을 고르면서 말했다.

어떡해, 진짜 웃겨. 하긴 그렇게 착각했을 수도 있겠네요.

혜린이 냅킨으로 눈자위를 꾹꾹 찍으며 말을 이었다.

좋은 일이기는 한데 임신은 아니고요. 저희 이번에 아파트 하나 분양받았거든요. 그거 핑계 삼아서 겸사겸사 간만에 선생님도 같이 보려고 한 거예요.

아, 아, 그러셨구나. 난 또…….

맥이 풀린 나는 이마를 짚었다. 뭐 이런 바보가 다 있느냐는 듯이 내려다보던 서진의 얼굴이 떠올라 실소가 나왔지만 마냥 서진을 탓할 일도 아니었다. 나 또한 좋은 일이 임신일 거라는 데에 한 치의 의심도 품지 않았으니까. 이 편견이 나의 촌스러움을 고스란히 보여주는 것만 같아 수치심이 들었다.

어쨌거나 혜린이 드디어 집을 구했다는 말 아닌가. 아이를 가졌다고 착각했을 때처럼 벅차오르지는 않았어도 완전히 정착했구나, 참으로 다행이다,라고 여기기에는 부족함이 없었다. 진심을 담아 축하한다는 말을 건넨 나는 인사치레로 어디에 분양받았는지를 물어보았는데 뜻밖의 대답에 멈칫하지 않을 수 없었다.

에? 강동지정타요?

어머 아시는구나! 맞아요, 거기요.

진짜요? 거기라고요?

입안 가득 얼음을 문 것 같은 짜릿함이 뒤통수에 밀려왔다. 믿기지 않았다. 강동지식정보타운은 나처럼 무순위 청약만 지원해본 문외한도 알만큼 핫하디 핫한 곳이었다. 강남권역 트리플 역세권. 수서SRT 인근. 주변시세 25억에 분양가는 10억대 초반. 예상되는 시세차익만 최소 10억 이상으로 단군이래 최고의 청약경쟁률을 갱신하면서 가점 만점짜리 청약통장만 수십 장 등장했다는 그곳.

나는 흥분을 감출 수 없었다. 내 눈앞에 기적이 현현해 있었다.

세상에 이게 무슨 일이야! 혜린 씨! 진짜 축하드려요!

말하고 나니까 되게 민망하네요.

민망하긴 뭐가 민망해요? 완전 로또 되신 거잖아요!

그냥 운이 좋았던 거죠.

운이야 말해 뭐 하겠어요. 저 같은 싱글은 우주의 기운이 몰려와도 운을 쓸 기회조차 없는 걸요. 도대체 그 경쟁률을 어떻게 뚫으셨어요? 신혼 특공으로 지원하신 거예요?

에이, 아니에요.

혜린이 쏙스러워하면서 손사래를 쳤다.

그래요? 그럼 가점이 너무 모자랄 텐데, 아! 생애 최초로 넣으셨구나?

아니요, 그것도 아니고요…….

그것도 아니라고요? 그럼 저기 뭐냐, 노부모 봉양인가 그 걸로 넣으신 거예요?

아니에요. 시부모님 알아서 잘 지내고 계시는 걸요. 그런 거 다 아니고요…….

말하는 족족 아니라고 하는 통에 혼란에 빠진 나는 그를 뚫어져라 쳐다봤다.

제가 혜택을 받는 게 좀 있잖아요.

혜린이 머뭇머뭇 말했다.

혜택이요?

네. 아무래도 저희 같은 사람들은 이런저런 지원을 받잖 아요.

아, 아, 네. 정착 지원 말씀이시구나.

뒤늦게 무슨 말인지 알아차린 나는 고개를 끄덕이면서 중 얼거렸다. 국민임대주택이나 전세자금을 지원받는다는 사실 은 익히 알고 있었다. 하나원에서 보수교육을 받을 때도 들 었고, 서진도 정착지원제도와 관련해서 벌어진 사건들을 종 종 이야기하곤 했으니까. 일반인치고는 그런 시스템에 밝은 편이라고 생각했지만 아파트청약에도 비슷한 혜택이 있는 줄은 미처 알지 못했다.

문득 짜릿했던 뒤통수가 허전해져왔다. 동시에 머릿속에 서 계산기가 파르르 돌아갔다. 지금 살고 있는 집에 묶인 돈 도 있을 텐데 계약금이야 어찌 해결했다 쳐도 중도금과 잔금은 어떻게 치르려는 것인지, 이 집 저 집 다 합쳐서 이자만 다 달이 수백만 원일 텐데 그건 또 어떻게 처리하려는지, 혹시 무슨 코인이라도 대박 났는지, 진짜 로또에 당첨됐는지, 아니면 대출 금리도 소수자 우대를 받는 게 있는지, 설마 그런 특혜가 실제로 존재하는 건 아닌지 궁금해 미칠 지경이었으나 차마 묻지 못하고 있는데 방문 두드리는 소리가 들렸다.

세팅 전에 잔부터 치워드리겠습니다.

카트를 밀고 들어온 종업원이 말했다. 그가 둘 다 거의 입을 대지 않아 찰랑이는 술잔을 치우더니 흑차슈가 담긴 도기 그릇을 테이블에 먼저 올렸다. 황동 재질의 화로 냄비가 연이어 올라왔고 고체연료에 불을 붙이자 이미 김이 폴폴 올라오던 육수가 보글보글 끓었다. 앞 접시와 국그릇에 흑차슈와 동과탕을 각기 덜어준 종업원이 방을 나선 뒤에야 우리는 마스크를 벗었다. 흑차슈는 캐러멜 향이 진한, 예상했던 바로 그 맛이었으나 깍둑썰기를 한 무와 비슷해 보이는 동과는 진한 육수 향 외에는 별다른 맛이 느껴지지 않았다. 굳이 표현하자면 치킨스톡 국물을 머금은 박 같은 맛이었는데 섬유질이 지나치게 풍부해 썩 유쾌한 식감은 아니었다.

이상하다.

동과탕을 먹던 혜린이 국그릇에 코를 박은 채 킁킁거렸다.

동과 특유의 냄새가 있는데 그게 안 느껴지네요.

그런가요?

네. 딱 동과만이 내는 향이 있는데 잘 안 느껴져요.

그게 무슨 향인지 알 도리가 없었던 나는 그러려니 하면서 숟가락으로 국물을 떴다.

아까 식전주도 좀 이상하게 역하더라고요. 선생님은 그런 거 못 느끼셨죠?

예. 저는 못 느꼈습니다. 아마도 백주가 원체 센 술이니까 그런 것 아닐까요?

나는 숟가락을 허공에 멈춘 채 대답했다. 혜린은 근심 어린 표정으로 고개를 저었다.

아니에요. 전에 마셨을 때는 농향이 되게 기분 좋게 느껴졌거든요.

그렇군요.

임신을 했을 거라는 생각에 가슴만 쓸어내렸던 나였다. 식전주의 향은커녕 맛도 기억날 턱이 없었다. 딱히 대꾸할 말이 없어 숟가락을 입으로 가져가려는데 혜린이 물었다.

이것도 백신 후유증이 아닐까요?

아닐걸요.

내가 숟가락을 도로 앞 접시에 내려놓으며 말했다.

어째서요?

후각 상실은 코로나19의 후유증이지 백신 후유증이 아니니까요.

근데 제 주변만 해도 백신 맞고 냄새를 잘 못 맡게 됐다는 사람들이 꽤 있는걸요?

제가 아는 한 인과관계가 입증된 경우는 없을 겁니다.

아니, 선생님. 상식적으로 백신도 바이러스를 약하게 만든 거잖아요. 그렇다면 후유증도 비슷하게 나타나야 하는 거 아닌가요?

그럼 혜린 씨는 이 차슈 냄새나 육수 향도 못 맡으시겠어요?

아뇨.

그러니까요.

네?

만에 하나 후각상실이 생겼다면 이런 냄새도 못 맡으셔야죠.

아니죠, 선생님.

혜린이 웃으면서 대꾸했다.

미묘하게 변했다니까요. 조금 이상해진 거니까 강한 향은 당연히 맡을 수 있는 거죠.

마스크를 벗은 탓에 이죽거리는 얼굴이 제법 노골적으로 보였다.

그건 혜린 씨가 다소 자의적으로 해석하신 것 같습니다.

퉁명스레 대꾸한 내가 톤을 조금 부드럽게 가다듬으며 말을 이었다.

1차 접종 때 많이 앓으셨다니 과민하게 반응하시는 것도 이해는 됩니다. 하지만 말씀드렸다시피 그 정도는 정상적인 수준의 면역반응이에요. 우리 몸에서 항체를 만드는 과정이

166

하필이면 그렇게 고단한 걸 어쩌겠어요. 솔직히, 아까는 임신하신 줄 알고 말을 아꼈는데 혜린 씨는 추가 접종도 마저 하시는 게 좋습니다. 건강한 성인이 불필요하게 미접종자로 남아 있어야 할 이유는 하등 없으니까요.

그래도 저는 여전히 납득이 안 되는걸요. 선생님도 아팠다고 했지만 제가 겪은 공포를 똑같이 겪은 건 아니시잖아요. 살아 있는 내내 숨을 깊이 들이쉴 때마다 통증도 같이 느껴지는 게 얼마나 무서운 일인지 모르시죠? 그런 공포는 '정상적인 면역반응'이라는 한마디로 없어지는 게 아니에요. 말도 안 되는 가짜뉴스들이 많은 건 저도 알겠는데, 백신을 맞고 죽거나 최소한 몸이 안 좋아진 사람들이 있는 것도 사실이잖아요. 저는 충분히 가질 수 있는 의심이라고 생각되는데요?

음, 혜린 씨. 일단 인과관계와 상관관계는 구분을 할 필요가 있습니다. 우리나라 인구 5천만 명이 하루 안에 백신 접종을 하면 다음날 800명가량 사망할 거예요. 왜냐면 백신을 맞든, 맞지 않든 매일 800명 가량 사망하니까요. 시간적으로 선후관계에 놓여 있으니 상관관계는 있지만, 상관관계가 있다고 곧바로 두 사건이 원인과 결과로 엮이는 건 아니에요. 인과성을 검토하기 위해서는 일반적으로 브래드포드 힐이라는 통계학자가 만든…….

그건 저도 알아요.

혜린이 내 말을 잘랐다.

예? 아신다고요?

네. '힐의 기준' 말씀하시는 거잖아요.

그걸 어떻게…….

말을 잇지 못하는 내게 혜린이 한층 날카로운 목소리로 말했다.

저 국회의원 보좌관실에 있었던 사람이에요. 대학원에서 통계학도 계속 배우고 있고요. 요즘에는 저처럼 사회과학 하는 사람들도 SPSS나 R쯤은 기본으로 돌린다고요. 인과성이니, 상관성이니, 일종오류니, 양성예측도니 그런 것들은 저도 알 만큼 알고 있어요.

아니, 혜린 씨. 알 만큼 아신다면서 왜 자꾸 엉뚱한 이야기를 하세요?

선생님. 엉뚱하다니요? 위험이 없는 것처럼 말씀하신 건 선생님 아닌가요?

제가요? 전혀 아니죠. 저는 위험이 없다는 말을 한 적이 없어요. 매우 낮은 위험을 과도하게 생각하면 안 된다고 말한 겁니다.

그거야말로 위험을 과소평가하는 거죠. 아무리 가능성이 낮다고 해도 누군가에게는 러시안룰렛이 되는 일이에요. 피해를 입는 사람에게는 백 퍼센트의 확률로 벌어진 사건이라고요. 하물며 그게 사람의 건강이고 생명이라면, 부수적인 피해 정도로 간주해서는 안 되지 않나요? 한 사람 한 사람의 목숨과 건강보다 소중한 게 뭐가 있겠어요?

아니에요. 혜린 씨. 부수적인 피해가 아닙니다. 백신의 위험이 존재하는 것이 사실인 만큼, 백신의 위험도가 지극히 낮은 것도 사실이니까요. 그 최소한의 위험을 감수했기 때문에 인류가 폴리오, 백일해, 홍역, 수두 같은 병에서 비교적 자유로워질 수 있었던 거예요. 우리가 혜택을 입어온 만큼 혜린 씨도 이 공동체의 일원으로서 백신을 맞아야 할 의무가 있다는 겁니다.

그걸 의무라고 말씀하시면 안 되죠.

예?

폴리오나 홍역 백신처럼 충분히 검증된 백신 아니잖아요.

그렇기는 하지만…….

확률이 적다고 해도 위험은 분명히 존재하는 거고, 그 위험이 어떤 건지 다 밝혀지지도 않은 거잖아요.

아니 혜린 씨, 그게 위험을 과장하는 일이라니까요.

됐고요. 저는 제가 알지 못하는 누군가를 위해서 굳이 감수하지 않아도 될 위험을 감수하고 싶지 않은 것뿐이에요. 여기에 무슨 논리적인 결함이 있나요?

하…….

나는 얕게 탄식을 내뱉었다.

참, 디피컬트하군.

이마가 뜨겁게 달아올랐다. 혜린이 통계학을 알든 모르든

상관이 없었다. 이건 처음부터 도돌이표를 돌 수밖에 없는 이야기였다. 좋은 날이라고 생각했다. 좋은 날, 좋은 자리에서 좋은 이야기만 해도 모자란 시간이라고 생각했다. 그런데 왜 이따위 이야기를 하는 데 공력을 쏟고 있는지 모를 일이었다. 애초에 여기 왜 있는지도 모를 일이었고, 왜 같이 밥을 먹자고 했는지도 모를 일이었다. 화가 치밀었다. 이 자리에 있는 일분 일초가 아까워졌다.

좋은 일은 무슨.

헛웃음이 나왔다. 정수리 위에서 한 줄기 사회성이 위태롭게 달랑거렸다. 나는 그것을 가까스로 부여잡고서 말을 이었다.

혜린 씨. 백신을 맞고 싶어도 맞지 못하는 사람들이 얼마나 많은데요. 아나필락시스가 있어서 못 맞는 사람, 신부전이 있어서 못 맞는 사람, 백신에 예민한 다른 기저질환 때문에 못 맞는 사람. 이런 사람들을 보호하기 위해서라도 못 맞을 이유가 없는 사람은 반드시 맞아야 한다니까요.

선생님. 무슨 말씀인지는 저도 잘 알겠는데요, 모두가 영웅일 수는 없는 거예요. 한 톨의 위험이라도 피하고 싶은 게 사람 본성이라고요.

천만에요. 영웅이 되라는 게 아니에요. 최소한 무임승차자는 되지 말라는 거죠.

평정심을 잃어가면서 내 목소리도 차츰 높아졌다.

무임승차자라고요? 선생님 너무 야박하게 말씀하시는 거

아니에요?

야박한가요? 예, 그렇다고 칩시다. 그런데 못 맞을 이유가 없는데도 안 맞겠다? 제가 보기에 그건 부당이득 취하는 거밖에 안 됩니다. 이기주의가 표준이 되면 집단 전체가 피해를 입는다고요. 그렇게 되지 말자고 얘기하는 건데 좀 야박하게 보인들 뭐가 대수겠습니까? 백번이고 야박하고 말지요.

아니, 선생님.

혜린이 콧방귀를 뀌었다.

제가 지금 어려운 이야기를 하는 게 아니에요.

두 눈을 부릅뜬 그가 아주 느긋한 말투로 이야기했다.

안 죽을 수도 있는 병 때문에 죽을 수도 있는 주사를 맞고 싶지가 않아요. 그게 어떻게 이기심이죠?

혜린 씨!

더는 참을 수 없었다.

도대체 누가 백신을 맞고 죽었다는 겁니까! 예?

나는 간신히 잡고 있던 동아줄을 놓아버렸다.

아나필락시스 말고, 백신 부작용으로 사망했다고 증명된 사례가 있나요? 아니요, 없습니다. 그렇게나 말 많던 심근병증도 접종군과 비접종군 간에 유의미한 차이가 없었어요! 입증되지도 않은 이야기를 그렇게 부풀려서 말씀하시면 어떡합니까? 저기 밖에서 피켓 들고 깃발 휘날리는 사람들이랑 혜린 씨가 다를 게 뭐가 있어요? 안아키 저널리즘으로 클릭

수 장사나 하는 기자들과 다를 게 뭐가 있냐고요! 백번 양보
해서 말입니다, 다른 건 다 차치하더라도 이건 나라가 하는
일이지 않습니까? 전 세계 모든 정부가 하고 있는 일이에요.
나라에서 미쳤다고 국민에게 해가 되는 일을 하겠어요?

네? 뭐라고요?

나라에서 미쳤다고 국민에게 해가 되는 일을 하겠냐고요!

누가 하는 일이라고요?

나라가 하는 일이요, 나라가 하는 일!

아—

혜린이 말꼬리를 한껏 늘였다.

나라가 하는 일이요?

예!

나는 분이 가시지 않은 채로 목청을 돋웠다.

그러니까, 나라에서 미쳤다고 국민에게 해가 되는 일을 하
겠느냐, 이 말씀이시죠?

예! 뭐가 잘못됐습니까?

씩씩거리면서 되묻자 혜린이 웃음을 터트렸다. 갑작스럽게
터져나온 웃음소리가 방 안을 채운 뒤에야 나는 아차, 하고
뭐가 잘못되긴 잘못되었다는 생각을 했다. 혜린은 기가 막히
다는 듯이 웃어대다 웃음을 멈추지 않은 채로 소리쳤다.

아니요, 선생님! 하나도 안 잘못됐어요! 진짜 웃겨, 선생님!
왜 이렇게 웃겨요?

어쩐지 머쓱해진 나는 코를 만지작거렸는데, 웃음 소리를 듣다 보니 내 입에서도 어색하게 웃음이 새어나왔다. 콧기름으로 미끌미끌해진 손가락을 비비면서 허허, 하고 웃자 혜린이 하하하, 하고 더욱 크게 웃었다. 오고가는 웃음 소리 아래에서 탕은 보글보글 끓었고 흑갈색으로 빛나는 차슈에는 윤기가 끈적하게 흘렀다. 와야 할 사람들은 아직 오지 않았고, 피켓과 깃발을 든 사람들은 여전히 저 밖에 말뚝처럼 서 있었다. 허허허허, 하고 웃던 나는 꽤나 불편한 저녁이 될 것만 같은 느낌에 침을 꼴깍 삼켰는데 고기 한 점을 털어넣고 나니 그마저도 별일인가 싶어 하하하하, 하고 웃게 되는 것이었다.

베란다로 들어온

전예진

전예진

2019년 한국일보 신춘문예에 당선되며 작품 활동을 시작했다. 소설집 《어느 날 거위가》가 있다.

간밤에 눈이 내렸다. 베란다 앞 산책로와 벽돌담, 담 위로 뻗은 목련 가지에 눈이 덮였다.

어디서 왔을까. 채원이 중얼거렸다.

뭐가?

채원이 창 아래 화단을 내려다봤다. 마른 풀 사이로 동그란 발가락 다섯 개와 발바닥 자국이 보였다. 나는 맨발로 베란다를 마주 보고 선 사람의 형상을 떠올렸다. 거실을 돌아보고 베란다 좌우를 살폈다. 베란다 방범창은 꺾이거나 부러진 곳 없이 단단해 보였다.

저기서부터 걸어왔나 봐. 채원이 벽돌담을 가리켰다.

뒷걸음질 친 발자국은 벽돌담에서 끊겼다. 마치 담을 그대로 통과해 베란다로 걸어온 듯이.

누구야. 남의 집 앞에. 베란다 창을 열어 좌우를 살폈다. 사람이라고는 보이지 않았다.

집을 볼 때 부동산 중개인은 아파트 구석에 위치해 담벼락을 마주 보는 이 집이 으슥하다고 말했다. 그래서 싸게 내놔도 팔리지 않는다고. 그 말을 하고 그는 입을 가렸지만, 채원과 나는 오히려 그 점이 좋았다. 고립된 공간이 필요했다. 사람들이 우릴 보지 못하고 우리도 밖을 볼 수 없는 공간이.

애들이 장난쳤나. 채원이 말했다.

장난치고는 좀.

채원이 웃으며 나를 돌아봤다. 무서워?

무섭긴, 이상하지.

기지개를 켜고 커피를 내리러 갔다. 작년 겨울부터 종종 이상한 일이 일어났다. 아무도 없는데 목소리가 들리고, 잠결에 눈을 뜨면 장롱 위 엎드린 얼굴들이 보였다. 채원은 보이지 않던 게 보인다고 했다. 우리는 어디선가 읽은 이야기들, 이를테면 혼수상태에서 깨어난 뒤 눈앞에 색채가 보인다는 사람과 수영장 바닥에 머리를 부딪친 뒤 수학적 능력을 얻은 사람을 기억해냈다. 죽을 위기를 겪은 사람은 때로 새로운 능력을 얻는 모양이었다.

한 바퀴 걷자. 채원이 베란다에 서서 말했다.

집에서 보내는 시간이 길어질수록 그녀는 갑갑해했다. 일을 끝내고 저녁을 먹고 나면 함께 산책하기를 바랐다.

주말엔 좀 쉬고 싶어.

눈이 왔는데?

나는 그녀에게 웃어 보이고 안방으로 들어갔다. 어제 찾은 기사를 갈무리해야 한다는 생각에 초조했다. 취미보다는 매일 하는 의식에 가까웠다. 처음 스크랩을 한 고등학생 때는 그날 일어난 역사적 사건을 소개하는 연재 기사를 오려 모았다. 연재가 끝난 뒤에는 그날과 같은 날짜에 일어난 과거 사건을 다룬 인터넷 기사를 정리하기 시작했다. 작년 겨울을 제외하고는 하루도 거르지 않았다.

창문 앞 책상에 앉아 지난밤 발견한 기사를 다시 읽었다. 14년 전 일어난 '사리3동 아파트 시위'를 다룬 기사였다. 기사를 요약해 파일에 옮겨 적으면서 거실의 소리에 귀 기울였다. 외투를 입는 소리가 들리는 것 같았다. 그대로 밖으로 나가려나. 타자를 멈추고 문을 돌아봤다. 채원의 기척이 들렸다.

채원이 방으로 들어왔다. 기다렸다는 듯 돌아앉는 나를 보고 그녀가 웃었다.

들어봐. 내 말에 채원이 침대 발치에 앉았다.

그녀는 내가 해주는 이야기를 좋아했다. 두 번째 데이트 날 인왕산을 오를 때 들려준 이탈리아 사람의 설산 생존기 같은 이야기를 몇 년이 지나도록 기억해 나를 놀라게 했다. 그때 나는 머리를 고쳐 묶고 목에 흐르는 땀을 닦느라 바쁜 그녀에게 한쪽만 남은 스키를 타고 설산을 내려온 이탈리아 사람의 이야기를 들려주었다. 더위가 좀 가시나요? 나중에 그녀는 평소라면 그 질문에 화를 냈을 거라고 말했다. 눈 내린 산을 떠올린다고 더위가 사라지진 않으니까. 그렇지만 산을 오르느라 얼굴이 벌게진 남자가 숨을 몰아쉬며 건네는 이야기에 그렇게 대답하기는 어려웠다고 말했다. 두 번째 데이트이기도 했고. 나는 그녀가 그렇게 말하며 짓는 표정이 좋았다. 짐짓 눈살을 찌푸리며 웃음을 참는 얼굴이.

그녀에게 사리3동 시위 기사를 간추려 읽어주었다.

그게 그렇게 재미있어? 채원이 물었다.

재미보다는 마음이 놓이지. 내가 대답했다. 힘들고 복잡한 일도 결국 지나간다는 게.

채원이 눈을 흘기며 웃었다.

갔다 올게. 그녀가 외투를 들고 방을 나갔다.

일부러 복잡한 사건을 골랐는데도 갈무리는 금세 끝났다. 출출해 물을 올렸다. 라면 봉지를 뜯는데 채원이 돌아왔다. 동 입구 앞에 잠깐 나갔다 들어왔다는데 머리와 외투에 온통 눈이 붙어 있었다. 그녀가 회색 털장갑을 낀 손을 들어올렸다. 세모난 눈 뭉치가 들려 있었다.

자기도 먹을래? 내가 물었다.

그녀가 고개를 저었다.

뭐야?

오리 모양으로 만들려다 실패했어.

싱크대에 놓인 눈뭉치를 다시 확인했다. 가만 보니 끝이 조금 둥근 것도 같았다.

그거 알아? 그녀가 물었다. 사리3동이 무곡동이래.

무곡동? 여기 앞에?

가스레인지에서 경고음이 울렸다. 냄비를 드니 가스불이 꺼져 있었다. 불을 켜자 물은 금방 다시 끓었다. 면과 스프를 넣었다. 붉은 거품이 올라왔다.

어, 녹았다. 채원이 말했다.

응?

그새 녹았어.

그녀가 싱크대를 내려다봤다.

*

'사리3동 아파트 시위' 기사 스크랩(2008년)

장 모 양 외 18인이 사리3동에서 재건축을 앞둔 아파트를 점거해 불법 시위를 벌였다. 그들은 전기와 수도가 끊긴 빈 아파트에서 이 주가 조금 넘게 생활했다. 불법 시위 혐의 등으로 경찰에 붙잡힌 장 모 양에 따르면 그들은 인터넷 사이트를 통해 서로의 생활을 공유하며 빠르게 친목을 쌓았다.

시위 참가자들은 도시화와 양극화를 부추기는 사회를 비판하고 과거로 돌아갈 것을 주장했다. 버려진 가구와 벽돌을 쌓아 만든 바리케이드에 이들이 붙인 선언문은 다음과 같다.

우리는 이곳에 모여 새로운 주거 형태를 이룬다. 서로를 나누고 고립시키는 대신 다양한 삶의 형태를 교류하는 공동체로 살아간다. 우리는 뿌리 내릴 곳을, 안정감이 드는 삶을 원한다…….

*

거실 탁자에 라면을 놓고 젓가락을 드는데 베란다에서 시선이 느껴졌다. 창에 낀 얼룩이 보였다. 베란다 앞 산책로에 발자국 수십 개가 찍혔다 사라졌다.

저게 뭐야.

채원이 소파에서 일어섰다. 의미가 불분명한 작은 소리가 들렸다. 창밖에 엎드린 누군가 장난을 치는 것 같았다.

내가 가볼게. 채원이 베란다로 걸어갔다.

미쳤어? 젓가락을 내려놓았지만, 채원이 한 걸음 더 빨랐다. 가까운 사람을 떠나보낸 이는 연이은 스트레스로 무모한 행동을 하기도 한다. 언젠가 읽은 글이 생각났다. 나는 출처도 기억나지 않는 글 대신, 끝이 갈라진 그녀의 머리카락이나 터덜거리는 걸음걸이에 집중하려 애썼다. 그녀가 베란다 창문에 이마를 대고 화단을 내려다봤다.

안녕. 그녀가 말했다. 너 좀 무섭게 생겼다.

채원보다 머리 하나가 작은 형체가 그녀를 올려다봤다. 끈적한 액체를 쏟아부은 것처럼 이목구비와 몸이 흐릿했다.

이름이 뭐야? 채원이 묻고는 낮고 희미한 소리에 고개를 끄덕였다. 왜 여기 있어?

거실 창을 잡고 그녀를 거실로 끌어당길 채비를 했다.

눈이 내려서…… 사방에 혼이 너무 많대. 채원이 나를 돌아봤다. 누굴 기다리는 중인데 밖은 무섭다고 하네.

기다리든 말든. 못 들은 척해. 내가 말했다.

눈에……. 채원이 말을 계속했다. 내가 가져온 눈이 녹아서…… 그렇다고? 그래서 보이는 거래.

태연한 그녀의 얼굴에 머리가 어지러웠다.

채원이 몸을 숙이고 무어라 중얼거렸다. 흐릿한 형체가 웅얼대는 소리가 들렸다.

허락해줘야 들어올 수 있대. 그녀가 말을 전했다.

나는 고개를 저었다. 그냥 두면 저번처럼 돌아갈 거야.

하루 정도는 재워주자. 날이 춥잖아. 채원이 화단을 내려다봤다.

뭔 줄 알고.

거실 창을 닫고 커튼을 친 뒤 라면을 마저 먹었다. 같은 말을 반복하던 채원도 설득을 포기하고 소파에 앉았다. 상을 치우고 거실로 돌아가자 채원이 다리를 굽혀 소파에 앉을 자리를 만들었다. 어제저녁 함께 본 영화를 이어 틀었다. 재작년

같이 보기로 하고 잊었다가 어제야 생각이 난 영화였다.

채원과 나는 자주 영화나 드라마를 함께 봤다. 재미가 있든 없든 영상을 보며 드는 생각을 나눴다. 그러다 보면 지나치는 화면도 인상 깊은 장면이 되고 따분한 이야기도 재미있어졌다. 누군가에게 이해받는 게 이런 거구나, 채원은 내게 그런 감정을 느낀다고 했다. 그런 말을 들을 때면 안도감이 들었다. 평생 서로에게 지금 같은 존재로 살 수 있을 것 같았다.

채원이 베란다를 쳐다봤다.

왜? 그녀를 따라 고개를 돌렸다. 커튼이 조금씩 흔들렸다.

제이래.

누가?

그녀가 턱짓으로 베란다를 가리켰다.

알 게 뭐야.

채원이 커튼을 조금 열고 밖을 내다봤다.

누가 또 왔다. 그녀가 창밖을 가리켰다.

담벼락 앞에 낯선 형체 둘이 서 있었다. 한쪽은 높고 한쪽은 낮았다. 제이가 창문에 붙어 우리를 바라봤다. 창이 조금씩 흔들렸다.

두 형체 중 낮은 쪽이 맞붙은 다리와 팔을 비틀며 베란다로 달려왔다. 다른 형체가 그를 쫓았다.

채원이 커튼을 걷고 베란다로 나갔다.

들어와. 그녀가 창문에 손을 댔다.

제이가 방범창에 매달려 채원에게 손을 뻗었다. 두 형체가 제이와 점점 가까워졌다. 채원이 나를 돌아봤다.

베란다까지만. 제이에게 소리쳤다. 잔뜩 힘이 들어간 이마가 아파왔다. 거기까지만 들어와요. 내일 해 뜨면 나가고.

길고 뭉툭한 덩어리가 창문을 뚫고 들어왔다. 제이의 팔인 것 같았다. 제이가 균형을 잃고 앞으로 고꾸라졌다. 등을 구부리고 웅크린 자세 그대로 누웠다가 이내 일어나 몸을 살폈다. 그녀를 감싼 막이 녹아내리고 눈썹을 가린 앞머리와 묶은 단발머리가 드러났다. 제이는 평범한 이십대처럼 보였다. 무섭게 생기지도 않았고 몸 일부가 끊어진 흔적이나 핏자국도 없었다. 그녀가 허리를 숙여 무릎을 짚더니 숨을 깊게 내쉬었다.

뒤쫓던 형체가 베란다에 달라붙었다.

베란다로 나가 채원을 등 뒤로 보내고 자세를 낮췄다. 채원의 웃음소리가 들리는 것 같았다. 왜 웃어, 그녀를 돌아보려는데 낮은 형체가 베란다로 뛰어올랐다.

몸을 털자 긴 주둥이와 세모난 귀, 먼지떨이 같은 꼬리가 드러났다. 처진 눈과 등에 연갈색 무늬가 있고 털이 듬성했다. 개가 꼬리를 흔들며 제이의 냄새를 맡았다. 제이가 몸을 숙여 개를 살피다가 귀 아래로 손을 넣어 얼굴을 감싸고 쓰다듬었다.

남은 하나가 창턱을 짚더니 집 안으로 들어왔다. 제이보다 머리 한 개 반이 작은 아이로, 바가지 머리에 안경을 썼다. 이목구비가 선명해지니 볼과 턱에 난 점까지 눈에 들어왔다. 초등학교 4학년은 되어 보였다.

뭐야. 왜 도망쳤어. 제이를 바라봤다.

제이가 고개를 꾸벅 숙이더니 안방 베란다로 걸어갔다.

그만. 채원이 창밖을 향해 엄중히 말했다. 이제 그만 받겠습니다.

개가 제이를 쫓아 안방 베란다에 놓인 5단 서랍장과 벽 사이로 들어갔다. 좁은 공간에 미처 들어가지 못한 개의 엉덩이와 꼬리가 좌우로 흔들렸다.

아이가 콧김을 불며 웃었다.

기다리던 사람이 개야? 내가 물었다.

아닐걸요. 아이가 대답했다. 우린 그냥 온 건데.

쟤넨 아는 사이 같은데, 채원이 상체를 기울여 안방 쪽 베란다를 보더니 몸을 바로 세웠다. 너는 어떻게 왔어?

별이 따라왔어요. 아이가 개에게 고개를 돌렸다가 다시 우리를 봤다.

어디 사는데?

이 앞이요. 아이가 담벼락 너머를 가리켰다. 별이랑 이 앞에서 오래 살았어요.

우리는 그가 생전 할머니와 부모, 누나와 살았고 그들을 떠나온 지 10년이 다 되어간다는 사실을 알게 되었다. 말하는 게 어린애답지 않다 했더니 죽어서 온갖 얘기를 다 들었다고 했다. 눈앞에 선 초등학생이 실은 스무 살이 넘었다니 잘 믿기지 않았다.

베란다에 선 채원을 두고 소파에 앉았다. 아이가 TV를 힐끔 쳐다보았다. 채원이 아이의 시선을 쫓았다.

같이 볼래? 그녀가 물었다. 〈인피닛 드림〉이라는 영환데.

들어는 봤어요. 아이가 대답했다.

그래? 감독 얘기도 알아?

아이가 대답을 망설이자 채원이 나를 돌아봤다.

그러니까 저 영화 감독이······. 나는 재작년 봄인가 채원에게 소개한 기사를 아이에게 들려주었다.

*

영화 〈인피닛 드림〉 10주년 기념 기사 스크랩(2011년)

〈인피닛 드림〉의 각본을 쓰고 영화를 연출한 김 감독은 데뷔작과 두 번째 영화에서 잇따라 흥행에 실패했다. 그는 이를 계기로 영화를 포기하고 한 유통업체에 취직했다. 1년이 다 되어가던 날 그는 가족과 부산 여행을 가다 교통사고를 당했다. 만취한 상대가 그들의 차를 들이받았다. 감독은 크게 다쳤지만, 별다른 후유증 없이 회복할 수 있었다. 그러나 사고로 아내와 아들을 잃었다.

사건 이후 감독은 집에서 나오지 않았다. 한 달 만에 10킬

로그램이 빠졌다. 이러다 죽겠다, 싶을 때쯤 매일 같은 꿈을 꾸기 시작했다. 온종일 꿈이 무엇을 의미하는지 생각했다. 그러다 밥을 먹고 걷고 살아가게 되었다. 그는 그때의 경험을 바탕으로 세 번째 영화 〈인피닛 드림〉을 만들었다.

영화는 엄청난 호평을 받았다. 적은 개봉관으로 출발했지만, 입소문을 타고 흥행에도 성공했다. 무수한 영화제에 초청을 받았고 상을 받기도 했다. 무명 감독이었던 그는 몇 개월 만에 세계적인 감독이 되었다. 이후 쉬지 않고 작품 활동을 했고 모두 좋은 평가를 받았지만, 아직도 〈인피닛 드림〉을 감독의 대표작으로 꼽는 사람이 많다.

*

아이의 눈썹이 조금 올라갔다.

그러고요?

응? 아이를 바라봤다. 그게 다야.

버스에서 이야기를 들려줬을 때 채원은 놀란 얼굴로 그게 사실이냐고 물었다. 그렇다니까, 나는 그렇게 말했다. 당장 괴로운 일도 결국엔 나아진다고. 그녀는 〈인피닛 드림〉을 벌써 두 번이나 보았다고 했다. 나는 그때까지 그 영화를 본 적이 없었다. 그저 개봉 10주년 기념 기사를 갈무리했을 뿐.

아저씨 얘기 재미있게 하시네요. 아이가 나를 보고 빙그레 웃었다. 얘기를 들을 때는 시큰둥한 표정을 짓더니 의외의 반응이었다.

내가? 아이에게 들려준 이야기를 되짚었다. 원래 기사와 크게 다를 바 없는 내용이었다.

별이가 돌아와 아이를 보고 앉았다. 뒤이어 나온 제이가 창밖을 기웃거렸다.

너네는 이제 가는 거야? 채원이 물었다.

응, 근데 저 갔으면 좋겠어요? 아이가 되물었다.

그럼. 내가 대답했다. 어차피 저 사람도 곧 갈 거야.

여기 재미있는데. 아이가 중얼거렸다. 그냥 있으면 안 돼요?

그래, 그럼. 채원이 대답했다.

안 돼. 나가.

아이가 나를 올려다봤다. 아까는 내일 해 뜨기 전에 나가라면서요.

그건 저 사람한테 한 말이지. 내가 말했다. 제이가 나를 힐긋 쳐다봤다.

왜, 그냥 있으라고 해. 채원이 팔꿈치로 나를 찔렀다.

입술이 간지러워 손으로 긁었는데 각질이 뜯어져나왔다. 채원을 부엌으로 불렀다. 도대체 왜 그래? 내가 물었다.

북적북적하니 좋잖아. 심심할 틈 없고. 그녀가 나를 바라봤다.

되도록 조용히 있는 게 좋아. 아무 일도 안 생기게.

그래도. 채원의 목소리가 들렸다.

나는 그냥 너랑 있고 싶어. 그녀에게 말했다. 뜯어진 입술에서 비릿한 맛이 났다. 방으로 들어가 문을 닫았다. 채원은 뒤따라오지 않았다. 베란다로 난 창문에 작은 얼굴이 보였다. 아이가 창에 입을 대고 뭐라고 말했다. 창문을 열었다.

얘기 하나 더 해주세요.

저리 가. 창문을 닫는데 아이가 창틀 위로 손을 내밀었다. 놀라 창문을 다시 열자 아이가 씨익 웃으며 멀쩡한 손을 들어 보였다. 다칠 리가 없구나, 뒤늦게 짜증이 올라왔다.

그럼 저도 재미있는 얘기해드릴게요. 아이가 소곤거렸다.

별로. 책상에 앉아 노트북을 열었다.

진짜요? 제이가 누군지 안 궁금해요? 왜 밖을 무서워하는지?

뭐. 유명한 사람이야? 고개를 들어 아이를 봤다.

유명하죠. 다들 이를 가는데. 저도 별이가 냄새 맡고 쫓아오길래 바로 왔잖아요.

왜? 책상에서 일어나 아이를 쳐다봤다.

얘기부터 해줘요. 아이가 태연한 얼굴로 나를 올려다봤다.

실랑이하며 시간을 낭비하고 싶지 않았다. 창문을 열고 노트북을 창턱에 걸쳤다.

거기 다 있어.

아이가 스크롤을 내렸다. 나 이거 아는데. 이 얘기 해주세요.

그냥 읽어.

아저씨가 말해주는 게 재미있는데.

하……. 노트북을 들고 정리해둔 기사를 읽었다. 간단한 기사였다.

*

'토끼 탈 시위' 기사 스크랩(2019년)

세계정신장애인연대가 서울 광화문광장에서 정신장애인자립센터 증설과 지원 확대를 촉구하는 1인 시위를 진행했다. 이들은 토끼 탈을 쓰고 하는 1인 시위를 릴레이로 100일 동안 지속했다. 시위가 길어지면서 서울 등지의 고등학교 학생들이 그들을 지지하는 의미로 토끼 탈을 쓰고 등하교를 했다. 토끼 탈 등교가 SNS를 통해 입소문을 타면서 시위는 전국적 관심을 끌었다. 많은 사람이 정신장애인자립센터가 존재한다는 사실과 그 중요성을 알았고 서명 운동에 동참했다.

*

끝났어요? 아이가 물었다.

그렇다는 뜻으로 고개를 까딱였다.

아저씨가 해주는 얘기는 가지런하고 빈틈이 없네요.

내 얘기가 아니고 기사를 요약한 거야.

아이가 히히, 하고 웃었다. 저도 말해드릴게요. 제이가 이 동네를 무서워하는 이유는요, 아이가 목소리를 낮췄다.

제이 때문에 아파트 재건축 하나가 미뤄졌거든요. 시간이 지날수록 아파트 값은 떨어지는데 내야 할 돈은 오르니까. 우리 할머니도 나 여섯 살 때 앓아누웠어요. 가진 게 집 하나랑 빚뿐인데, 그런 사람들 집에서 시위를 왜 하냐⋯⋯. 결국엔 재건축도 못 했으니까 말 다 했죠.

재건축⋯⋯. 아이의 말을 곱씹었다. 사리3동 시위 기사를 떠올렸다. 스치듯 본 사진 속 장 모 양의 얼굴도. 제이와 닮았나? 사진 속 여자는 모자와 마스크를 쓰고 있었다.

별이가 짖는 소리가 들렸다. 그러고 보니 채원과 제이의 말소리가 들리지 않았다. 안방 창밖으로 고개를 내밀어 거실 베란다를 바라봤다. 쭈그려 앉아 별이와 눈을 맞추는 채원이 보였다. 그 옆에 제이가 서 있었다. 웃음기 없는 얼굴이 나를 쳐다봤다. 나는 목 뒤를 쓸어내리고 방 안으로 몸을 숨겼다.

그래서 온 거야? 할머니 쓰러진 거 복수하겠다고?

아니요. 아이가 웃었다. 할머니는 아직 건강하세요.

눈을 감고 얼굴을 문질렀다. 감당하기 힘든 일이 너무 많이 일어났다.

아저씨. 아이가 나를 바라봤다. 별이 재, 전 주인한테 버려진 뒤로 동네 떠돌이 개로 살았거든요? 나이도 많고 피부염도 있어서 잡아서 어디 보내야 한다, 그런 얘길 많이 들었대요. 그러다 제이랑 같이 살면서 치료도 받고 좋은 사료도 먹고 산책하고 놀고, 행복하게 지낸 거래요.

그런 얘기를 왜 해. 잠긴 목을 가다듬었다.

좋아할 것 같아서요.

안 볼 거면 그만 줘. 노트북을 가져다 책상에 놨다.

아저씨는 어쩌다 이렇게 됐어요?

뭐가, 또. 머리가 지끈거렸다.

원하면 내가 도와줄 수 있는데.

창문을 닫고 밤색 암막 커튼을 쳤다. 아이의 얼굴과 목소리가 사라지니 한결 편안했다.

노트북에 사리3동 시위 기사를 갈무리한 글을 띄웠다. 어제와 오늘 본 기사 어디에도 장 모 양이 죽었다는 말은 없었다. 당시 장 모 양은 스물한 살이었고 제이는 많아야 이십대 중반처럼 보였다. 제이가 장 모 양이라면 그녀는 시위가 끝나고 몇 년 뒤 사망했다. 살아 있다면 나와 비슷한 나이였다. 침대에 누워 숨을 내쉬었다. 이런 순간은 좀처럼 익숙해지지 않았다. 이불을 뒤집어쓰고 눈을 감았다. 자고 나면 모든 게 사라지기를. 몸을 뒤척이며 볕이 내리쬐는 해변이나 김이 오르는 온천을 상상했지만 잘 되지 않았다. 어느샌가 정신이 녹아내리듯 몽롱해졌다. 장롱 위 엎드린 것들이 잠에 취한 나를 내려다봤다.

개가 낑낑거리는 소리가 들렸다. 긴 잠을 잤다고 생각했는데 한 시간이 조금 지나 있었다. 거실로 나갔다.

베란다에 선 채원의 뒷모습이 보였다. 그녀를 마주 보는 제이의 표정이 차가웠다.

그게 왜 궁금하냐고요.

낮고 갈라진 목소리가 울렸다. 제이의 발치에 있던 별이가 베란다 안쪽에 선 아이에게 걸어갔다. 제이의 얼굴이 당장 무슨 일을 저지를 것처럼 일그러졌다. 서둘러 채원에게 다가 갔다.

무슨 일이야.

채원이 눈을 지그시 감았다 떴다. 그녀는 불편한 감정을 인정하는 데 서툴렀다. 그녀의 진짜 감정을 알려면 말보다는 표정과 몸짓을 관찰해야 했다. 그녀가 손가락을 긁기 시작했다. 그녀를 현관으로 데려갔다.

기다리는 사람 오면 바로 나가요. 어깨를 펴고 제이를 마주 보려 노력했다.

제이가 대답 없이 나를 바라봤다.

채원과 함께 집을 나섰다.

왜 그런 거야? 내가 물었다.

몰라. 그녀가 혼잣말처럼 중얼거렸다. 누굴 기다리냐고 물어봤는데 갑자기.

그녀에게 아이가 한 말을 전했다.

아파트 시위? 그 사람이라고? 그녀가 물었다.

누굴 기다리는 걸까. 하필 여기서. 내가 되물었다.

글쎄.

횡단보도를 건너는데 별이가 귀를 펄럭이며 달려왔다. 곧
이어 아이가 개를 쫓아왔다.

하루에 한 번은 산책해야 돼요. 아이가 묻지도 않은 말을
했다.

그래.

채원이 우리 둘을 보고 웃었다.

우리는 후문 건너편에 있는 근린공원을 느리게 걸었다. 화
단에 쌓인 눈에 별이의 발자국이 찍혔다 사라졌다. 몇 블록만
더 가면 광장이 있는 큰 공원이 있어 이곳 근린공원을 찾는
사람은 많지 않았다. 길이 좁고 나무가 무성해 공원이라는 말
이 무색한 곳이었다. 채원과 나는 사람이 없는 이곳을 좋아했
다. 아이가 녹슨 운동기구에 매달렸다. 눈 녹은 물이 튀어 운
동화가 젖었다.

별이가 운동기구 너머를 향해 짖었다. 모퉁이로 달려가다
멈춰 우리를 돌아보고는 다시 컹컹댔다. 아이가 달려나갔고
채원이 그 뒤를 쫓았다.

굽어진 길을 지나자 벤치에 앉은 노인과 그의 발치에 엎드

린 시추가 보였다. 분홍색 핀을 꽂은 시추는 자신의 냄새를 맡는 별이를 따라 고개를 돌릴 뿐 엎드린 자세를 유지했다.

안녕? 채원이 시추에게 손을 내밀자 시추가 꼬리를 흔들고 손을 핥았다. 귀엽네요. 그녀가 노인에게 말했다. 아이가 채원 옆에 서서 시추에게 치근덕대는 별이를 잡아당겼다.

벤치에 앉아 그들을 바라봤다.

우리 애는 동물농장에 나왔어. 노인이 대뜸 말을 걸었다.

아, 예.

시추가 몸을 일으키더니 흥, 하고 코를 풀었다. 채원이 눈을 감고 물러서서 얼굴을 문질렀다. 채원을 보니 웃음이 나왔다. 노인이 나를 보고 따라 웃었다.

이 동네에서 오래 사셨어요?

그렇지. 그가 내 뒤를 힐긋 바라봤다.

그럼 사리3동일 때도 계셨겠네요?

그가 턱을 긁으며 나를 훑어봤다. 그건 왜?

아, 제가 이 앞에 사는데 예전에 여기서 시위가 있었다 하더라고요.

기자예요?

아니요, 그냥 궁금해서…….

시추가 놀자고 달려드는 별이를 향해 캉, 하고 짖었다. 노인이 목을 가다듬고 시추를 들어 안았다.

이제 겨우 공사하기로 결정 났는데. 그가 못마땅한 목소리로 말했다. 왜 또 초를 치려고.

공원 공사한대요?

노인이 채원을 힐긋 보더니 일어나 걸었다. 별이가 시추를 쫓아가자 노인의 품에 안긴 시추가 별이를 돌아보며 짖었다. 노인이 멈춰 서서 시추를 쓰다듬었다.

시원하다 누구 죽은 거 다 옛날 일이야. 아파트 허물고 공원 된 지 10년이 다 되어가는데. 그의 목소리가 한층 부드러웠다. 저쪽으로 가면 나무 하나 있어요. 남은 건 그거뿐이야.

노인이 다시 걸음을 옮기자 별이가 돌아와 아이 앞에 앉았다.

가볼까? 채원이 물었다. 벤치에 앉은 아이가 딴청을 부렸다. 별이도 꼬리를 흔들 뿐 다가오지 않았다.

우리는 아이와 별이를 두고 공원 안으로 들어갔다. 한참을 걷자 코끼리 다리 두 개를 붙여놓은 듯한 느티나무가 나타났다. 큰 돌로 둘러싸인 화단에 서 있었는데 눈으로 덮여 아늑해 보였다. 채원이 화단을 둘러보더니 영험해 보인다, 하고 웃었다. 자주 공원을 걸었지만, 처음 보는 장소였다. 낯선 곳에 온 듯해 좋았다. 되도록 많은 곳을 채원과 가고 싶었다.

돌아가는 길에 아이와 별이를 만났다. 아이가 별이에게 뒷발을 주는 개인기를 가르쳤다며 연신 뒷발을 외쳤다. 별이는 세 번 만에 아이의 손에 뒷발을 올렸다.

시위에서 사람이 죽었어?

아이가 나를 물끄러미 바라봤다.

진짜 알고 싶어요? 아이가 물었다.

채원이 손등을 긁기에 그녀의 손을 잡았다. 장갑을 끼지 않은 손이 차가웠다. 맞잡은 손을 주머니에 넣었다.

응. 내가 대답했다.

시위할 때 사람들 못 들어오게 돌을 쌓았는데 나중에 그게 물대포에 맞아 무너졌대요. 아이가 내 얼굴을 살피고는 말을 이었다. 어떤 남자가 그 앞에 서 있다가 쓰러져서…….

나는 고개를 숙이고 눈을 가렸다. 한숨이 새어나왔다.

그 사람을 기다리는 거야?

아이가 어깨를 으쓱해 보였다.

제이는 어떻게 된 거야? 채원이 물었다.

자살했대요, 몇 년 뒤에.

팔에 소름이 돋았다. 우리는 누굴 집에 들였나. 말없이 집으로 걸어갔다. 길을 건너 담벼락을 지났고 걸음을 서둘렀다.

누가 죽었다는 얘긴 없던데.

채원도 아이도 내 말에 대답하지 않았다.

현관문을 열자 제이가 우리를 돌아봤다. 베란다에 선 제이의 발이 옅은 노란 빛을 띠었다. 그늘에 잠긴 다른 곳은 상대적으로 어두웠다. 제이의 눈 밑에 검붉은 반점이 생겼고 그녀의 볼과 턱이 흘러내렸다.

눈을 질끈 감았다 떴다.

제이는 여전히 나를 보고 있었다.

도대체 언제 온다는 거야. 제이를 피해 바닥으로 시선을 돌렸다.

얘기해봐야겠어. 채원이 말했다.

왜? 하지 마. 그녀를 잡았다.

내가 잘못 생각했어.

뭘?

쟤도 무서운 거야. 너처럼.

채원이 베란다로 들어가 제이의 등을 쓰다듬었다.

얘기 들었어. 그거 네 잘못 아니야. 채원이 말했다. 무서워할 거 없어.

제이가 죽은 사람의 얼굴로 그녀를 쳐다봤다.

아니에요. 제이가 입을 열었다. 그런 게 아니라,

낮게 웅얼대는 제이의 목소리를 들으며 아파트 공동 현관에 앉은 제이와 남자를 상상했다. 그들을 비롯한 열아홉 명은 페인트칠이 벗겨진 5층짜리 아파트에서 화단을 가꾸고 끼니를 잇고 대화를 나눴다. 누구에게도 하지 못한 이야기를 공유했고 공감과 위로를 받았다.

시위가 두 주째 되던 날 남자의 형과 친구들이 찾아왔다. 그들은 바리케이드에 난 틈으로 곧 경찰이 투입되리라는 소식을 전했다. 남자는 제이를 찾아가 시위를 그만두고 싶다고 말했다. 제이는 자신이 결정할 일이 아니므로 회의를 열어야 한다고 대답했다. 열아홉 명의 시위대가 모닥불에 둘러앉았다. 그들의 얼굴을 번갈아 바라보며, 제이는 시위가 성공하려면 모두가 뭉쳐야 한다고 말했다. 남자는 회의 결과에 따라 아파트에 남았고 시위 진압 과정에서 사고를 당했다.

그렇게 될지 몰랐잖아. 채원이 말했다.

제이가 천장을 보며 생각에 잠겼다.

사실은, 제이가 말을 이었다. 계속 이렇게 살면 좋겠다고 생각했거든요. 조금만 더 같이.

제이의 시선이 채원을 지나 내게 향했다.

핏자국이 사라진 제이의 얼굴에 문득 그동안의 일을 털어놓고픈 충동이 일었다. 지난겨울 채원과 내게 무슨 일이 있었는지, 우리가 지난 1년을 어떻게 견뎠는지, 모두 이야기하고 싶었다.

채원이 나를 바라봤다. 눈이 크고 머리는 부스스하고 불안하면 손이며 목을 긁는. 눈을 감고 채원을 상상했다. 그녀와 함께하는 일상으로 돌아가야 했다.

그러려면 제이를 내보내야지. 나는 눈을 뜨고 방법을 생각했다.

신호를 보내면 어때요? 내가 말했다. 보고 찾아오라고.

무슨 신호요? 베란다 창에서 아이의 얼굴이 불쑥 나타났다. 별이가 그 옆으로 머리를 들이밀었다. 아, 얘네도 있었지.

고개를 돌리고 한숨을 내쉬었다. 눈이 마주친 채원이 웃음을 참으려 입을 오므렸다.

모닥불? 제이가 중얼거렸다.

불? 귀를 의심했다. 불은 안 되지. 내가 말했다.

도깨비불이면 타진 않을 거예요. 아이가 말했다.

채원이 고개를 젖히고 웃더니 제이의 얼굴을 감쌌다.

좋네. 채원이 말했다. 해보자.

무슨 소리야? 내가 말했다.

채원과 제이가 나를 보며 웃었다.

커튼을 완전히 걷고 베란다 창을 열었다. 자전거와 빨래 바구니를 비롯해 거실 베란다에 놓인 물건을 안방 앞으로 옮기고 바닥 청소를 했다. 별이가 물걸레를 물고 이리저리 당기는 바람에 시간이 배로 들었다.

담벼락 위로 붉은 노을이 번졌다. 베란다에 이불을 깔고 제이와 아이가 도깨비불 피우는 모습을 구경했다. 채원의 붉게 튼 손등이 눈에 들어왔다. 털장갑을 가져다줄까 물었는데 그녀가 괜찮다며 내 손을 잡았다. 두꺼운 겨울 이불을 깔았는데도 바닥이 차가웠다. 채원의 손을 불 가까이 가져갔다. 따뜻한 볕과 바람이 맨살에 닿는 기분이 들었다. 지난 1년 치 잠이 몰려오는 듯 졸음이 쏟아졌다. 도깨비불을 보면 안 좋은 거 아닌가. 잠결에 그런 생각이 들었다.

푸른 모닥불에 둘러앉아 춤을 추고 노래하는 사람들을 봤다. 아스팔트 바닥에 앉은 채원이 발을 까딱이며 노래를 불렀고 아이가 물구나무를 섰다. 나는 동굴에 앉아 밖에서 들어오는 불빛을 기웃거렸다. 무엇보다 그들 위 벼랑에서 흔들리는 바위가 걱정이었다. 채원에게 그 사실을 전하려고 입을 열었는데 밖에서 들려오던 소리가 멈췄다.

발치에 있는 이불을 더듬어 끌어올렸다. 눈을 뜨자 천장이 보였고 뒤이어 베란다와 거실 창이 보였다. 서둘러 일어나 앉았다. 모닥불이 있던 곳에 손바닥만 한 그을음이 묻어 있었다. 채원을 불러보았지만 대답이 없었다. 집 안을 살폈다. 제이와 다른 존재는 물론 채원도 보이지 않았다. 베란다 앞에 찍힌 어수선한 발자국이 눈에 들어왔다.

외투를 걸치고 밖으로 나갔다.

후문을 지나는데 갓길 주차된 자동차와 아이들이 보였다. 차에 쌓인 눈을 뭉치며 노는 것 같았다.

너희 혹시 지나가는 사람 못 봤니? 눈이 큰 이몬데, 머리 묶고.

누구요? 아이들이 내 주위로 몰려들어 제각기 떠들었다.

그런 사람은 못 봤는데.

근데 아무도 안 지나갔어요.

그래? 떨리는 숨을 내뱉고 아파트로 돌아섰다. 담벼락 앞에 쭈그려 앉아 눈을 헤집는 꼬마가 보였다. 꼬마가 나를 돌아봤다. 갈색 머리에 까만 눈이 동그랗고 턱살이 있는 아이였다.

누굴 잃어버렸어요? 꼬마의 턱과 목 가죽이 부풀다 가라앉았다.

응. 나는 꼬마가 불편해하지 않도록 아이의 턱에서 자그마한 손가락으로 시선을 옮겼다.

저기로 가보세요. 꼬마가 길 건너 공원을 가리켰다.

저기? 누가 가는 거 봤어? 공원을 봤다가 꼬마를 다시 돌아봤다. 꼬마는 사라지고 없었다. 참새 한 마리가 날아와 담벼락에 앉았다.

횡단보도를 건너 구불구불한 길을 빠르게 걸었다. 나무 사이로 반대쪽 길을 걷는 사람들이 보였다. 채원이 옆에 있다면 우리는 으레 그렇듯 장난을 시작했을 것이다. 그녀가 사람들에게 인사를 건네고 나는 그녀를 말리지만, 그녀는 내 말을 듣지 않고 인사를 계속한다. 사람들이 우릴 돌아보기 시작하고 나는 그녀를 두고 앞서 걷는다. 어디 가, 그녀가 달려오면 나는 고개를 숙이고 그녀를 모른 체하다 끝내 못 이긴 척 그녀의 손을 잡는다.

녹슨 운동기구를 지나 공원 안으로 걸어갔다. 채원에게 할 말을 생각했다. 그러게 내가 뭐랬어. 우리는 언제나 조심해야 해. 언제나 마지막인 것처럼.

돌로 둘러싸인 화단과 느티나무가 나타났다.

또 왔네요. 아이의 목소리가 들리고 손바닥에 별이의 털이 닿았다. 손을 내려다보자 꼬리를 흔드는 별이가 보였다.

채원이는? 내가 물었다.

아이가 느티나무 가지에 앉아 다리를 흔들었다.

원하는 게 있으면 도와드릴게요.

채원이랑 집에 가고 싶어. 그게 다야.

아이가 가지에 다리를 걸치고 거꾸로 매달렸다.

그럼 아저씨가 모은 이야기 저 주세요.

이야기? 기사 스크랩한 거 말하는 거야?

아이의 머리가 위아래로 흔들렸다. 별이가 나를 올려다보더니 채근하듯 짖었다.

다 가져가, 상관없으니까.

아이가 다리를 풀고 화단으로 뛰어내렸다. 그가 별이를 쳐다보자 별이가 냄새를 맡다 수풀 뒤로 사라졌다.

아저씨, 내가 제이가 어떻게 죽었는지 아는 게 이상하지 않아요? 아이가 나무를 올려다보며 말했다. 별이가 말해줬거든요. 한 달 동안 사료 봉지를 뜯고 변기 물을 마셔가면서 죽은 제이 옆에서 살았대요. 쟤가 어떻게 죽었냐면요. 낯선 사람들이 문을 열고 들어오니까 놀라서 도망치다가, 정신없이 막 달리다가 집 앞 도로에서 사고를 당한 거예요. 끔찍하죠?

아이가 나와 눈을 마주쳤다.

앞으로는 아저씨도 그런 얘기를 보고 듣게 될 거예요.

바람에 느티나무가 흔들렸다. 성긴 눈이 내렸다.

공원을 나와 길을 건넜다. 눈송이가 하나둘 늘더니 어느새 사방이 눈이었다. 손바닥에 닿은 눈이 버짐처럼 녹았다. 담벼락 옆으로 먼지떨이 같은 꼬리가 보였다. 별이가 아파트 옥상을 쳐다봤다. 저기 있어? 내 목소리에 별이가 나를 봤다가 다시 옥상으로 고개를 돌렸다.

문을 열자 옥상 환기구 옆에 선 채원이 보였다. 붉게 튼 볼과 푸른 입술이 안쓰러워 외투를 벗어 입혔다. 채원은 새벽부터 제이와 동네를 돌아봤다고 했다. 높은 곳에서 내려다보면 그 사람을 찾을 수 있지 않을까, 채원의 제안에 둘은 옥상으로 향했고 해가 뜰 때까지 아파트 단지와 공원을 내려다봤다. 만나게 해주고 싶었는데. 채원이 중얼거렸다.

어떤 일은 나아지지 않나 봐.

시간이 지나도.

우리는 말없이 계단을 내려왔다. 속눈썹에 붙은 눈이 녹아 앞이 잘 보이지 않았다. 현관문을 열고 신발을 벗었다. 채원이 몸을 녹이는 동안 노트북을 열고 파일을 확인했다. 파일에 적어둔 이야기는 온통 뒤죽박죽이었다.

토끼 탈 시위는 민원으로 중단되었고 예산 삭감에 따라 이듬해 일부 지역에 있던 정신장애인자립센터가 문을 닫았다. 음주운전 사고로 가족을 잃은 감독은 알고 보니 상습적 성범

죄자였고 한쪽만 남은 스키를 타고 설산을 내려오던 이탈리아 사람은 조난을 당했다. 반년 뒤 산을 오르다 낙오한 사람이 그를 발견하기 전까지 사람들은 그의 죽음조차 몰랐다.

사리3동의 기사는 더 처참했다. 시위 당시 사망한 한 모 군은 생일을 세 달 앞둔 미성년자였고 장 모 양은 시위가 있고 몇 년 뒤 스스로 세상을 떠났다. 시위자들은 그들이 점령한 아파트 말고는 아무것도 바꾸지 못했다.

파일에는 마이크를 든 제이의 사진도 담겨 있었다. 그녀 뒤에 가구와 벽돌로 만든 바리케이드가 있었다. 가구 사이로 시위자들의 눈과 손이 보였다. 뒤집어진 의자 다리 옆으로 튀어나온 회색 털장갑이 눈에 들어왔다. "세상은 어떤 문제도 해결할 수 없는 곳이 되었다. 우리는 각자가 믿는 것을 믿을 뿐이다." 사진에 딸린 글은 그게 전부였다.

나는 책상에 머리를 묻고 눈앞에 떠오르는 글자의 자음과 모음을 하나씩 들여다봤다.

뭐 해. 채원이 어깨에 손을 얹었다.

그녀와 함께 내리는 눈을 봤다. 이제부터는 일정한 줄거리가 없는 이야기를 마주해야 했다. 채원의 몸이 눈처럼 녹아 그림자만 한 웅덩이가 되었다.

들어봐. 나는 채원의 손이 닿았던 어깨에 손을 올리고 이야기를 시작했다. 베란다 창에 달라붙은 눈송이 여럿이 갈라지고 뒤섞이며 흘러내렸다.

무한의 상태

정지돈

정지돈

2013년 문학과사회 신인문학상을 통해 작품 활동을 시작했다. 소설집 《내가 싸우듯이》《인생 연구》 등이 있다. 젊은작가상 대상, 문지문학상, 김현문학패를 수상했다.

무한은 상태다. 그것은 우주 같은 공간이나 시간 같은 개념, 흔히 생각하는 것처럼 끝없이 반복되는 숫자가 아니라 상태, 라고 피터 사사키는 말했다. 진양은 피터 사사키의 말을 믿었다. 상황이 여기까지 온 이상 그의 말을 믿는 것 말고는 도리가 없었다. 그는 월스트리트의 느물거리는 증권맨이지만 그의 삶도 이제 무한의 영역에 들어섰고 일상 생활은 조각조각 해체되어 입자 단위로 양자계를 떠돌고 있으니까.

하지만 이 모든 사태를 이해하기 위해선 처음으로 돌아갈 필요가 있다고 진양은 말했다. 진양과 나는 그의 작업실이 있는 홍은동의 호텔로 향했다. 진양은 지난달부터 이 호텔 레지던스에 방을 잡고 작업을 진행 중이었다. 작업의 정체를 알기 전에는 진양이 로또에 당첨됐거나 정신이 나갔거나 둘 중 하나라고 생각했다. 호텔 레지던스에서 작업을 하는 예술가라니. 참고로 진양은 미디어 스터디를 전공하고 실험영화를 만드는 영화감독이다. 몇몇 영화제에서 영화를 상영한 적이 있다고 하지만 보진 못했다. 각국의 소도시에서 괴담처럼 생겼다 사라지는 영화제가 대부분이었기 때문이다. 작품이 궁금해서 비메오 링크를 알려달라 했더니 진양은 정색을 했다. 핸드폰으로 내 영화를 보겠다고? 날 모욕하는 거야?

어쨌거나 진양은 뉴욕과 서울을 오가며 작업을 했고 나와는 SNS로 소식을 주고받으며 2~3년에 한 번쯤 얼굴을 봤다.

진양의 상태는 최악이었다. 그는 언제나 등산복 차림에 끈을 꽉 묶은 부츠를 신고 두툼한 백팩을 메고 다니는 작업자의 모습이었지만 지저분하거나 궁핍해 보이진 않았다(아크테릭스 같은 등산복 브랜드를 입었으니 궁핍했을 리도 없다). 오히려 정돈되어 있었고 헤어케어 제품이 궁금할 정도로 머리숱이 많고 머릿결이 좋았다. 그런데 지금의 진양은… 우선 머리숱이 없었다. 처음에는 병이라도 걸린 줄 알았다. 듬성듬성하고 푹 죽은 머리칼은 늙은 개를 연상시켰고 손과 입술은 바싹 말라 피부가 갈라져 있었다.

호텔은 산등성이에 있었다. 베이지 톤의 건물 두 동이 정원을 사이에 두고 비스듬히 우리를 내려다봤다. 정원의 중앙에 있는 분수대는 바싹 말랐고 성기를 내놓은 소년 형태의 조각상은 비둘기가 파먹은 듯 눈알 하나가 패였다. 하지만 그것만 빼면 호텔의 외관은 준수했다. 브루탈리즘의 영향을 받은 기하학적인 파사드는 5성급 호텔이라는 말이 무색하지 않을 정도로 이국적이고 그로테스크했다.

진양은 거침없이 레지던스 동으로 들어갔다. 카드 키를 댔고 엘리베이터는 11층으로 향했다

"내가 뉴욕에서 무슨 일 했는지 모르지?" 진양이 말했다.

"영화 찍었잖아."

"그거 말고." 진양이 고개를 저었다. "돈을 어떻게 벌었는지 알아?"

"아니."

"섹스 비디오."

"뭐?"

"섹스 비디오를 만들었어." 진양이 말했다.

뉴욕엔 영상을 만들고 싶어 하는 인간이 넘쳐났다. 바야흐로 유튜브의 시대가 열렸고 전공자인 진양은 아르바이트를 멈춘 적이 없었다. 먹고살려면 쉬지 않고 일해야 한다. 한번 멈추면 영원히 멈추는 것이다. 정지 버튼 없이 돌아가는 플레이리스트처럼 일해야 한다는 사실을 진양은 깨달았고 좁은 인맥을 타고 들어오는 모든 종류의 일을 했다. 제일 쏠쏠한 건 거대 기업의 소규모 부서에서 삐져나온 소소한 일거리들이었다. 부서별로, 사안별로 SNS로 소통할 콘텐츠를 필요로 했다. 그러나 치열한 경쟁을 뚫고 들어간 아이비리그 출

신들이 컴퓨터 앞에 앉아 편집을 할 리 없었다. 그들은 업계에서 오래 굴러먹은 제작자들에게 영상을 맡겼다. 80년대 뉴욕 인디 신에서 날렸던 다큐멘터리 감독이나 90년대 마이애미 최고의 TV 프로듀서 출신이 세운 프로덕션 등등. 결과는 엉망이었다. 노쇠한 그들이 가져온 영상은 화면에는 티도 안 나는 정교한 조명을 치느라 시간과 돈을 잡아먹는 쓰레기였다. 펜대를 굴리는 월스트리트의 간부들은 영상을 제작할 최고의 인재들이 뉴욕의 예술학교에 포진해 있는 가난하지만 혈기왕성한 젊은이들이라는 사실을 깨달았다. 클럽에서, 거리에서, 갤러리 오프닝 파티에서, 틴더에서 알게 된 인맥으로 의뢰를 했고 결과는 대성공이었다. 예전의 절반도 안 되는 비용으로 힙한 대열에 낀 기분을 느낄 수 있었던 것이다. 영상을 제작하는 젊은 예술가 그룹은 얼빠진 영상을 보고 쿨을 연발하는 수트 차림의 보수적인 간부들을 비웃었지만 일을 의뢰한 쪽이나 일을 하는 쪽이나 만족스럽긴 매한가지였다. 서로를 비웃으며 서로에게 기생하는 것이 이 시대의 레종데트르 아닌가. 피터 사사키는 진양에게 말했다. 진양은 레종데트르가 무슨 뜻인지 몰랐다. 사실상 피터 사사키가 입을 열었다 하면 쏟아내는 이야기 속의 단어 대부분을 처음 들었고 그럴 때마다 피터는 요즘 예술 학도들의 수준이란… 하며 가래 끓는 소리를 냈다. 언빌리버블! 피터 사사키가 코카인을 들이마셨다. 지난 여름 선셋비치에서 태닝한 그의 갈색 콧잔등이 붉게 달아올랐다.

진양과 피터 사사키는 피터의 회사에서 마련한 편집실에 나란히 앉아 영상을 편집했다. 대체 왜 이런 짓거리를 하는지 모르겠지만, 월가의 전통 있는 투자사인 그의 회사는 유튜브 채널을 만들었고 SNL에서 3주 일한 경력의 작가를 데려다 월가를 배경으로 직원들을 직접 출연시켜 〈매드맨〉과 〈보난자〉를 짬뽕한 스타일의 브이로그를 제작했다. 진양은 컨셉을 듣고 석 달 안에 접을 기획이라고 생각했다. 보난자라니! 그딴 걸 기억하는 사람이 아직도 있단 말인가. 피터 사사키가 솔직히 어떠냐고, 빙빙 돌리지 말고 정곡을 찌르라고 얘기했을 때 진양은 그대로 말했다. 비웃음만 살 거예요. 피터 사사키는 자기 생각도 정확히 그렇다고 말했다.

"하지만 우리는 그럴 자격이 있지. 그렇지 않아?"

"무슨 말인지?"

"노숙자나 마약중독자들을 비웃으면 안 되잖아. 그들은 약한 존재들이니까. 하지만 우리는 반대야. 우리를 비웃는 사람들이 없으면 우리 꼴이 뭐가 되겠어. 명심해둬. 누군가 뒤에서 너를 비웃으면 그건 네가 강하다는 증거야."

진양은 피터의 면상을 한 대 후려치고 싶었지만 참았다. 그는 190센티미터가 넘는 거구의 혼혈 남성이고 진양은 160센티미터를 갓 넘은 동양인 여성이니까. 주먹이 얼굴에 닿기나 할까 싶었다.

피터의 회사는 진양이 생각했던 것보다 의사결정이 빨랐다. 채널은 두 달 만에 사라졌다. 작가가 지하철에 뛰어들어 자살했다는 소문이 있었는데 확인된 바는 없었다. 피터 사사키는 이렇게 또 한 명의 아까운 인재가 월가에 의해 살해됐다며 가래 끓는 소리를 냈다.

"그런 의미에서 지금부터 진짜 돈을 벌어보는 건 어때?"

진양의 비밀 알바는 그렇게 시작됐다. "섹스 비디오." 피터가/진양이 말했다.

피터가 물어오는 의뢰인들은 다양했다. 어마어마한 부를 가진 스톡브로커에서 짠돌이 구두쇠 너드 엔지니어, 입만 산 빈털터리 인플루언서 등. 그러나 중요한 건 그들 모두 공통된 증상에 시달린다는 사실이었다. 그들은 자신의 삶 앞에 카메라가 놓인 것처럼 말하고 행동하고 섹스했다. 오로지 그것을 염두에 두고 있을 때만, 카메라 앞에서 행동의 동기와 인생의 계획과 삶의 여정을 설명하는 리얼리티 프로그램 출연자처럼 행위할 때에만 진정한 쾌락을 느꼈다. 이런 증상에 시달리는 사람이 많다는 사실을 진양은 처음 알았고 이 사실 때문에 섹스 비디오 촬영으로 돈을 번다는 죄책감을 덜 수 있었다. 사실 죄책감을 느낄 이유는 없었다. 그들이 원한 거니까, 그들의 부탁으로 그들의 주머니에서 나온 돈을 받고 그들을 촬영하는 일이니까. 하지만 마음속 깊은 곳에 자리한 찝찝함은 계속됐다. 떳떳하지 못한 일을 한다는 양심의 문제가 아니었다. 무언가 단단히 잘못되었고 그건 개인적인 차원이 아니라 인류 공통의 차원에서, 나아가 우주적 규모로 일이 잘못 굴러가고 있다는 감각이었다. 하지만 그 앞에서 진양이 할 수 있는 건 없었다. 불안과 공포에서 비롯한 무력감에 파도 타듯 올라타는 것밖에는 말이다.

일을 거듭할수록 삶의 질은 올라갔다. 스태튼 아일랜드에서 이스트 할렘으로 이사했고 할렘에서 알파벳시티로 이사했으며 자비를 들여 실험영화를 찍었다. 그러나 영화에 대한 열망은 점점 식어갔다. 영화제의 초청을 받고 소수지만 눈 밝은 비평가나 시네필, 블로거의 부름을 받고 유사한 위상의 예술계 인물들과 글로벌한 교류를 이어갔지만 그의 정신에서 영화나 예술의 존재가 희미해지는 게 느껴졌다. 반면 피터 사사키의 의뢰는 끊이지 않았고 양상은 다양해졌다. 한번은 몰카를 찍어달라는 의뢰를 받았다. 진양은 펄쩍 뛰었다. 그건 범죄잖아! 그러나 이번 경우는 좀 달랐다. 의뢰인은 롱아일랜드에 거주하는 유대계 의사였는데 그가 원하는 건 자신과 와이프의 섹스 장면을 몰래 촬영하는 것이었다. 여기서 "몰래"는 컨셉이 아니었다. 언제, 어디서, 어떻게 촬영하는지 자신과 와이프는 절대 몰라야 한다고 말했다. 그들이 알고 있는 건 오로지 섹스 비디오를 만들 거라는 사실, 자신들의 행위가 어느 순간 누군가에 의해 촬영될 거라는 사실뿐이어야 했다.

이 의뢰를 성사시키기 위해선 그들 집에 무단 침입해야 했다. 그들이 카 섹스를 한다면, 그들의 차가 무엇인지, 언제, 어느 장소에서 카 섹스를 할 것인지 알아야 했다. 다시 말해 이건 단순한 섹스 비디오 제작이 아니라 사립탐정의 일이었고 강도나 스토커 같은 범죄자의 일이었다. 진양은 의뢰를 거절했지만 집으로 돌아오는 내내 흥분으로 명치가 저려오는 걸 느낄 수 있었다. 풀 죽은 그의 영혼이 들끓고 있었다. 미지의 세계를 발견했을 때 뒷골을 타고 내려가는 저릿함, 설렘, 긴장감이 오랜만에 느껴졌고 이런 게 바로 진짜 예술이라는 경악할 만한 생각이 시냅스를 타고 전두엽으로 퍼져나갔다. 이 일에 비하면 영화제에 걸리는 작품들은 시시껄렁하게 느껴졌다. 그곳엔 그를 흥분시키는 요소가 조금도 없었다. 담배를 피워 무는 손끝이 떨렸다. 피터 사사키는 진양의 속내를 알아차렸는지, 의뢰인이 제안 내용을 수정했다고 말했다. 페이를 두 배로 올려주겠다고, 생각 있느냐고 말이다.

진양은 두 달의 미행 끝에 섹스 비디오 촬영에 성공했다. 정말이지 환상적인 기간이었다. 의사 부부와 진양 사이의 긴장감은 날이 갈수록 증폭했고 어느 순간 열정이 폭발했다. 윌리엄스버그의 극장 화장실에서 그들은 바지를 내렸고 진양은 그 순간을 포착했다. 의사 부부는 영상을 확인하지도 않고 진양에게 보너스를 지급했다. "우리 생에 가장 완벽한 두 달이었어요." 의사의 와이프가 말했다. 진양은 계좌에 찍힌 금액을 보고 난 뒤에야 그들이 완전히 미쳤고 자신도 미쳤으며 이 광기는 세계의 음지에서 자라난 포자에 질식된 사람들이 흘리는 점액에서 비롯된 것이라는 사실을 알았다. 하지만 무력감은 쾌락의 일부였고 진양은 발을 빼지 못했다.

피터 사사키의 상태가 안 좋아지기 시작한 게 언제였을까. 진양은 기억을 더듬어보았지만 그즈음의 모든 것이 희미하게 부서지는 게 느껴졌다. 피터는 처음부터 코카인 중독이었으니 상태가 좋았다고 할 수 없었다. 그러나 무한 중독에 비하면 코카인 중독은 아무것도 아니었다.

프릭 컬렉션 박물관의 박제사 잉카 보로메오가 무한에 대한 이야기를 꺼낸 건 발파라이소 유적 특별전 오프닝 파티가 끝나갈 즈음이었다. 피터는 평소처럼 화장실에 처박혀 코카인을 하고 파티에서 가장 아둔해 보이는 사람을 붙잡고 끔찍한 악담을 퍼붓고 있었다. 잉카가 나타났을 때 피터는 수도꼭지에 맺힌 물방울이 무한에 가까울 정도로 천천히 천천히 떨어지는 것을 감지할 수 있었다. 물방울이 공기를 가르는 소리가 처음에는 작게, 나중에는 스텔스가 대기를 찢는 소리처럼 크게 들렸고 작디작은 물방울이 소행성 크기로 성장해 그를 덮치는 걸 느낄 수 있었다. 피터는 그즈음 정신을 잃었다. 기절한 게 아니라 하나의 통합된 체계로서의 자아를 상실했고 감각과 인지가 잘게 흩어져 최소한의 공간 속으로 빨려들어갔다. 약의 영향일까. 하지만 내가 무슨 약을 했길래 이런 일이 일어나는 걸까. 잉카 보로메오는 작은 키에 짚을 기워 만든 모자를 쓴 시각장애인이었다. 그의 눈은 앞을 보지 못했지만 두뇌는 과거와 미래를 넘나들었고 마음은 타인의 정신과 연결되었기에 사람들은 잉카를 존경하고 사랑했다. 파티장에서 그가 입을 열면 1950년대의 트루먼 커포티의 곁에 있던 사람들이 그랬듯 모든 이가 귀를 열고 모여들었다. 오늘은 또 얼마나 흥미진진한 이야기가 펼쳐질까, 누가 죽고 누가 부활했으며 사랑에 빠진 이들은 어떤 짓을 저질렀고 호기심에 눈이 먼 자들이 얼어젖힌 금기의 문은 무엇이며…. 사물들은 태곳적부터 생명을 가진 것처럼 스스로 살아 움직이고 시간은 자신의 너머에 있는 공허가 무엇인지 목격했다.

"우주의 끝을 상상하는 것은 끝이 없는 우주를 상상하는 것보다 더 어렵지요." 잉카 보로메오가 말했다. "끝이 있다는 건 그 너머가 있다는 의미입니다." 잉카는 텅 빈 로비를 걷고 있었다. "밖을 상상해보셨나요, 미스터 사사키?"

피터 사사키는 자신과 잉카가 파티의 메인홀을 벗어나 건물의 복도를 걷고 있다는 사실을 깨달았다. 그러나 복도는 그가 파티에 올 때와 판이하게 달랐다. 시각적으로는 유사했지만 촉감이 달랐고 냄새가 나지 않았다. 오감이 평소와 같은 방식으로 작동하지 않았고 그에 따라 공간은 같은 곳임에도 전혀 다르게 축소되고 확장되었다.

"미스터 사사키. 저도 당신이 왜 이곳으로 왔는지 모릅니다." 잉카가 말했다. 잉카는 텅 빈 로비를 걷고 있었다. 피터는 자신과 잉카가 복도에 있는데 어떻게 잉카가 로비를 걷고 있는지 의문이었다. 하지만 이 장소에서 중첩은 모순이 아니었다. 하나인 동시에 여럿, 여럿인 동시에 하나.

"미스터 사사키, 무한에 대해서 얼마나 아십니까?" 잉카는 텅 빈 로비를 걷고 있었다. 피터는 웅웅 울리는 형광등 소음을 따라 끝없이 이어지는 회백색 복도를 걸었다. 미스터 사사키… 미스터… 미스…

피터는 파티장에서 정신을 차렸다. 그는 사지 멀쩡한 몸으로 문 앞에 서 있었다. 소리를 지르며 문을 열고 복도를 바라봤지만 이상한 건 없었다. 잉카는 집에 일찍 돌아갔다고 큐레이터가 말했다. 씨발. 피터가 가래 끓는 소리를 냈다. 큐레이터는 신경쓰지 않았다. 약에 취한 파티광을 하루이틀 보는 게 아니니까. 피터는 그 길로 잉카를 찾아갔다. 택시가 잡히지 않자 공유 자전거를 타고 사나운 바람이 부는 콜럼버스 서클을 지났고 잉카가 사는 퍼스트 애비뉴의 낡은 아파트 문을 부서져라 발로 찼다. 잉카는 도트 무늬 잠옷을 입고 꿀물을 마시며 고전 영화를 보고 있었다. "이제 곧 잘 시간입니다." 잉카가 말했다. "개소리 좀 하지 말고 무슨 일인지나 말해봐." 피터가 윽박지르자 잉카는 웃음을 터뜨렸다.

잉카가 들려준 이야기에서 어려운 건 하나도 없었다. 피터는 모든 사실을 이해했다. 그러나 사실 아무것도 이해할 수 없었다.

평소에 꿀물을 많이 먹어두는 게 중요하다고 진양은 말했다. 꿀물은 무한으로 들어가는 과정을 부드럽게 만들어주는 윤활유였다.

"물론 미신이라는 사실을 잘 알아." 진양이 머그컵을 건네며 말했다. 하지만 우리에겐 미신이 필요하다. 진양은 미신이 의미의 질량이 제로인 우주에서 의미를 생성하는 의미 있는 행위라고 설명했다. 나는 머그컵에 입을 댔다. 꿀물의 열량이 차가운 입술 점막을 통해 루피니소체로 전달됐다.

진양과 나는 호텔 레지던스의 발코니에 앉아 있었다. 가을의 시작이었고 북서풍이 불어오는 저녁 하늘은 추위로 몸을 움츠리게 했다. 사람들을 밑도 끝도 없는 슬픔에 젖게 했고 우리 삶도 지구도 곧 멸망할 것이며 절대적이고 명백한 멸망 앞에서 우리는 아무것도 할 수 없다는 상념에 빠지게 했다. 때이른 추위가 지나고 나면 사람들은 정신을 차릴 터였기에 이런 감상은 의미 있는 여가였다. 사람들은 곧잘 체념 속으로 침몰했지만 일시적인 허무주의만큼 우수 어린 행복감을 주는 건 드물었다. 하지만 진양은 이젠 정말 시간이 없다고 말했다. "똑딱똑딱 종말의 시간이 다가오고 있어. 우주가 감당할 수 있는 정보량의 한계가 임박했거든."

피터 사사키가 그날 잉카 보로메오를 통해 알게 된 건 "이

름 붙일 수 없는 소사이어티"라는 집단이었다. 이들은 말 그
대로 이름 붙일 수 없고 붙여서도 안 됐는데 그것은 그들이
고대로부터 무한을 다룬 집단이었기 때문이다. 무한은 인간
이 그것을 인지한 순간부터 절대악과 동등한 취급을 받았다.
나쁘거나 사악하기 때문이 아니라 형용할 수 없고 사유할 수
없는 것이기 때문에. 논리학에 흑사병이 있다면 그건 바로 무
한이라고 토마스 아퀴나스는 말했다. 무한은 신을 위협할 수
있는 유일한 존재다. 그것을 존재라고 할 수 있다면 말이다.

진양은 모든 문명에 걸쳐 진행된 신학적이고 수학적이며
형이상학적인 논쟁을 간략히 압축해 설명했다. 무한이 신의
존재를 위협할 수 있는 이유는 단순한 악마가 아니라서였다.
악마는 의도와 목적을 가지고 있기 때문에 신의 상대가 되지
못한다. 반면 진정한 절대악은 존재와 비존재, 목적과 인과,
임의성과 우연의 구분을 몰랐다. 6세기의 신비주의 신학자
디오니시우스 아레오파기타는 말했다. "악은 존재가 아니다.
만약 존재한다면 전적으로 악하지 않을 것이기 때문이다. 존
재 사이에 악이 있을 곳은 없다."*

진양은 화이트보드에 간단한 수식을 썼다. 무한에서 1을

---

* "악은 존재가 아니다. 만약 존재한다면 전적으로 악하지 않을 것이기 때문이다.
  존재 사이에 악이 있을 곳은 없다."(유진 새커 《이 행성의 먼지 속에서》, 김태한
  옮김, 필로소픽, 2022, 53쪽)

빼면 무한이다. 이때 양쪽에서 무한을 빼면 1은 영이라는 답이 나온다. 다른 시도를 해보자. 무한에 무한을 더하면 무한이다. 이때 양쪽에서 무한을 빼면?

$$\infty - 1 = \infty \Rightarrow 1 = 0$$

$$\infty + \infty = \infty \Rightarrow \infty = 0$$

무한은 모든 것을 무로 돌아가게 한다. 심지어 자기 자신도. 가장 순수한 악, 절대악의 형상을 여기서 본다고 진양은 말했다. 이 악의 다른 이름은 신이라고.

이름 붙일 수 없는 소사이어티는 도처에 모습을 드러냈다 사라지는 무한을 찾고 있었다. 무한은 태곳적부터 우주 곳곳에서 모습을 드러냈다. 가장 잘 알려진 형태가 블랙홀이다. 그러나 블랙홀과 다른 종류의 무한이 우리 주변에 존재한다. 피터 사사키가 목격한 무한이 바로 그런 상태였다. 이러한 종류의 무한을 경험가능한무한으로 분류한다고 진양은 말했다. 무한에도 하이어라키가 있었다. 수학적인 무한과 물리적인 무한, 셀 수 있는 무한과 셀 수 없는 무한, 상대적 무한과 절대적 무한, 경험가능한무한과 경험불가능한무한.

"21세기 들어 경험가능한무한의 수가 기하급수적으로 늘고 있어." 진양이 말했다. 이 현상은 우주가 처리할 수 있는 정보량이 한계치에 임박했다는 증거였다. 우주는 일종의 거

대한 컴퓨터고 근원에는 0과 1로 이루어진 비트가 있다. 우리가 경험하는 모든 종류의 현실은 우주의 계산으로 모습을 드러내는 시뮬레이션의 한 형태인데, 정보 처리가 더뎌지면 일시적인 에러가 일어난다. 그때 우리에게 모습을 드러내는 것이 경험가능한무한이었다.

이름 붙일 수 없는 소사이어티는 경험가능한무한을 통해 상위 계층의 무한, 절대악으로서의 무한, 경험불가능한무한에 접근 가능하다고 믿었다. "경험 불가능한 것을 경험하는 게 어떤 의미일지 아직 아무도 모르지만 말이야." 진양이 말했다.

피터 사사키는 진양에게 경험가능한무한을 촬영해줄 것을 의뢰했다. 천문학적인 금액의 제안이었다. 착수금만으로 첼시에 집을 살 수 있었다. 그러나 진양은 피터의 제안을 거절했다. 무한을 촬영한다니. 그때만해도 납득이 되지 않았다.

진양이 그즈음 작업한 영화는 상업용 다큐멘터리였다. 새롭게 론칭한 OTT에서 북미의 기이한 살인 사건을 다룬 다큐 시리즈를 진양과 진양의 학교 동기이자 동거인인 타이 응우옌에게 의뢰했다. 진양은 싸구려 기획이라며 난색을 표했지만 타이는 펄쩍 뛰었다. "싸구려 속에 진리가 있다!" 진양은 타이의 설득에 못 이겨 작업을 수락했다. 결론적으로 다큐는 대박이 났다. 150여개국 수백만 명의 사람이 그들의 작품을 봤고 리뷰가 줄을 이었으며 다큐를 원작으로 극영화를 제작하자는 제안이 들어왔다. 스티븐 소더버그가 눈독을 들인다는 얘기도 있었다. 타이 응우옌은 쾌재를 불렀지만 진양은 속이 탔다. 우리 다큐는 쓰레기야. 진양은 생각했다. 적당히 있어 보이는 촬영과 편집으로 생색을 낼 뿐 어떤 알맹이도 없었고 시청자를 잡아두기 위한 술수만 거듭됐다. 죽음의 피자 배달부가 당신의 현관문을 두드릴 거라고? 사악한 간호사가 당신을 가스라이팅할 거라고? 시놉시스를 보기만 해도 구역질이 났다. 진양은 두 번째 에피소드 영화화 제안을 한 제작사 A44와 미팅 자리에서 토악질을 했다. 타이는 진양에게 먼저 집에 들어가라고 말했다. "계약서는 내가 가져갈게." 타이가 피자 배달부에게 살해당한 건 그날 밤 귀갓길에서였다. 경찰 조사에 따르면 피자 배달부는 며칠 전부터 타이의 뒤를 쫓고 있었다. 다큐멘터리를 보고 원한을 품은 것이다. 물론 진양 역시 피자 배달부의 리스트에 있었지만 타이가 먼저 걸려들었다. 피자 배달부는 사람들이 북적거리는 유니언스퀘어 지하철 역에서 제작사가 준 와인병과 계약서를 품고 비틀거리는 타이를 힘껏 밀었고 타이의 가녀린 몸은 지하철 바퀴 아래로 빨려들어갔다.

피자 배달부는 현장에서 체포됐다. 진양은 이 사건을 저주라고 생각했다. 그가 손대기 시작한 온갖 영상 때문에 저주받은 것이다. 아무런 근거도 논리도 없었지만 그런 확신이 강하게 들었다. 이렇게 사는 게 괜찮을 리 없어. 나는 악마와 손을 잡았고 친구들을 죽음으로 몰아넣고 있어. 진양은 타이가 빨려들어간 지하철 승강장에 홀로 서서 중얼거렸다. A44는 진양에게 지금이 기회라고, 영화를 빨리 제작해야 된다고 말했다. 다큐 감독은 진범에게 살해당했고 진범은 재판을 앞두고 있다. 이 영화는 엄청난 스캔들이 될 거라고, 당신의 인생을 완전히 바꿔놓을 작품이 될 거라고 A44는 말했다. 진양은 흐릿한 눈으로 A44의 메일을 확인했다. 지하철이 승강장으로 들어오고 있었다. 100여 년이 넘는 세월 동안 맨해튼의 지하에서 버티고 있는 철골 구조물이 곧 무너질 듯 굉음을 냈고 어디선가 캐러멜이 타는 듯한 달콤하고 유독한 냄새가 났다. 계단참에 키가 크고 마른 백인 남자가 서 있는 게 보였다. 그 남자는 키가 큰 게 아니라 왜곡된 렌즈로 촬영해 몸이 늘어난 것처럼 기형적으로 길쭉했다. 진양은 눈을 크게 뜨고 다시 남자를 바라봤다. 남자의 몸은 점점 더 길쭉해졌고 그에 따라 얼굴도 길어졌으며 얼굴의 구멍들도 긴 타원형으로 늘어나고 있었다. 다섯 개의 타원이 백색 그림자 속에서 속도를 더해갔고 빛과 우주를 집어삼킬 듯 길쭉하게 뻗어나갔다. 진양은 순간적으로 정신을 잃었다. 정신을 다시 차렸을 때 그는 승강장의 같은 위치에 서 있었다. 그곳엔 아무도 없었다. 진양은 계단을 올라갔다. 지하철 역사는 텅 비어 있었다. 역 밖으로 나가려고 했지만 회전문은 굳게 닫혀 꿈쩍도 하지 않았다. 선로는 가스등 아래에서 끝없이 이어졌고 무한히 이어지는 계단은 진양을 끊임없이 같은 층으로 안내했다. 진양은 핸드폰으로 무한을 찍었지만 결과적으로 남은 건 평범한 지하철역 사진밖에 없었다. 음산한 분위기지만 특별한 건 없는 지하철역.

　이름 붙일 수 없는 소사이어티의 추론이 맞다면 무한이 열리는 장소는 정보 과부하가 일어나는 곳이어야 했다. 많은 사람들이 이용했고 흥망성쇠를 겪었으며 죽음과 탄생의 기억을 품고 있는 곳. 그런 면에서 역사가 오래된 대도시의 장소들은 무한이 열리기에 최적의 조건이다. 하지만 무한이 어떤 사람들을 왜 선택하는지는 알 수 없었다. 그것은 무척이나 임의적인 순간이다. 무한이 열리고 닫히는 과정도 우리의 머리로는 산출할 수 없었다. 정신을 잃는 이유가 거기에 있을 것이다. 정확히는 정신을 잃는 게 아니라 잃은 것처럼 느끼는 거지만. 무한은 단속적으로 창발했다.

　게다가 무한이 진정으로 의미하는 바가 뭔지도 알 수 없었다. 정보 처리의 한계에 이르렀다는 말은, 정보 처리를 수행하고 다루는 어떤 존재가 있다는 의미일까. 정보는 임의적으로 다룰 수 있는 존재일까. 물리학의 오랜 난제 중 하나인 정보역설이 이와 연결되었다. 양자역학에 따르면 한번 생긴 정보는 영원히 소실되지 않지만 블랙홀에 들어간 정보는 파괴

되거나 사라진다. 어떻게 된 걸까?

경험가능한무한에서 돌아온 사람도 있지만 돌아오지 못한 사람도 있다고 진양은 말했다. 그렇다면 경험불가능한무한에 들어가면 어떻게 될까? 거기엔 뭐가 있을까? 죽은 사람을 하나의 정보라고 한다면, 그들이 그곳에 있는 건 아닐까. 만약 블랙홀이 정보를 다시 뱉어낸다면 그 정보는 예전과 같은 것일까. 최근 발견에 따르면 사건의 지평선인 블랙홀의 외부 중력장에 내부로 빨려들어간 물질의 흔적이 남아 있었다. 이를 퀀텀 헤어Quantum Hair라고 한다. "머리카락을 찾으면 DNA를 매칭할 수 있는 것처럼 말이야." 진양이 말했다. "타이가 거기 있을지도 몰라."

진양의 눈은 열기로 번득이고 있었다. 호텔 정원의 가로등이 하나씩 켜졌고 밤의 어둠은 짙어졌으며 차가운 바람이 옷속을 파고들었지만 그는 아랑곳하지 않았다. 진양의 이야기를 듣는 나조차 이상한 열기에 도취되는 것 같았다. 하지만 이름 붙일 수 없는 소사이어티니 하는 사이비 종교 같은 소리를 믿을 순 없었다. 진양의 이야기에선 과학과 종교와 괴담이 경계 없이 한 몸을 이루었는데 그건 이단의 전형적인 특징이었다. 그러나 생각해보면 우리의 믿음 대부분이 그랬다. 합리적 이성과 광기, 미신은 상황에 따라 함유량이 달라질 뿐 분리불가능하다. 하지만 멀쩡하던 친구가 기이한 믿음에 도취되었다는 사실이 나로 하여금 공포감을 불러일으켰다. 진정 두려운 건 무한 같은 현상이 아니라 인간 정신의 광기였다. 만약 무한이 있다면 그것은 우리의 정신 속에 있지 외부에 있지 않다. 그러므로 정신을 들여다보려는 시도는 언제나 파멸로 귀결된다. 그곳에는 아무것도 없기 때문이다. 무한이 곧 없음이며 비존재라는 건 그런 뜻일지도 몰랐다.

진양과 나는 호텔의 복도를 걷고 있었다. 진양의 이야기를 들은 뒤라 그런지 호텔 복도의 기하학적 패턴이 남달라 보였다. 각 방의 문 옆에는 뉴욕의 스카이스크래퍼를 떠올리게 하는 문양이 새겨져 있었고 문양의 뾰족한 끝에서 짧은 파장의 빛이 푸른색을 발했다. 끝없이 여러 갈래로 갈라지는 나뭇가지 패턴 문양의 자주색 카펫은 복도의 소음을 흡음기처럼 빨아들였고 격자 무늬의 벽지는 무한히 반향하는 거울처럼 공간을 확장했다.

진양은 무한을 찾기 위해 이 호텔에 묵고 있었다. 그의 이야기에 따르면 호텔은 철종의 후손이 지은 것으로 대한제국의 마지막 황손들이 묻혀 있던 선산에 위치해 있다. 그 누구도 건물이나 공원 따위를 지으려고 하지 않던 자리였고 오로지 직계 후손만이 그런 결단을 내릴 수 있었는데, 그것은 또한 철종의 후손들이 일제시대에 친일파로 명성을 날렸기 때문이기도 했다. 모든 흔적과 역사는 감춰져야 했고 이방인들이 오가는 호텔을 짓기로 결정한 건 어쩌면 그 때문일지 모른다고 진양은 말했다. 후손은 88올림픽을 계기로 유럽의 항공사와 제휴를 맺고 투자를 받았다. 호텔을 짓기 위해 파견된 건축가 베누는 헝가리 태생의 인도 혼혈로 주로 뉴욕에서 활동하는 인물이었다.

"그가 프릭 컬렉션의 박물관을 지었다는 사실을 알아낸 건 우연이었어." 진양이 말했다.

"프릭 컬렉션?"

"피터가 무한을 처음 본 그 장소 말이야."

피터 사사키는 이름 붙일 수 없는 소사이어티에 가입한 후 무한을 찾기 위해 전 세계를 돌아다녔다. 재산을 빠르게 탕진했지만 중요하지 않았다. 무엇에도 쾌락과 호기심을 느끼지 못했던 그가 처음으로 뭔가에 진심으로 빠져들 수 있었기 때문이었다. 오로지 이것만이 인생 전체를, 아니 바칠 수 있다면 인류 전체를 바칠 수 있는 무언가라고 피터 사사키는 믿었다.

피터의 조사에 따르면 베누는 수수께끼 같은 인물이었다. 그가 지은 건물들의 명성을 생각하면 이상할 정도로 자료가 남아 있지 않았고 특히 1980년대 이후 작업들에선 자신의 이름을 내세우는 경우가 거의 없었다. 그는 1912년생이었고 전성기는 제2차 세계대전 전후한 시기였다. 베누는 1950년대 중반을 마지막으로 자취를 감췄다가 80년대 중반에 다시 모습을 드러냈다. 당시 증언에 따르면 그는 조금도 늙지 않은 모습이었다고 한다. 전성기 때의 얼굴을 그대로 가지고 있었다고, 시간이 오직 그만을 비켜간 듯 말이다. 홍은동의 호텔은 복귀한 베누가 지은 첫 번째 건물이었다.

"호텔이 매물로 나오지 않았다면 피터도 몰랐을 거야."

기사에 따르면 호텔은 국가와 수년에 걸친 소송을 진행 중이었다. 친일파의 땅에 호텔에 세워졌다는 사실을 뒤늦게 알게 된 민족문제연구소에서 재산 환수를 요구한 것이다. 엎친데 덮친 격으로 코비드19가 세계를 휩쓸었고 호텔은 파산을선언하고 4500억대의 감정가로 시장에 나왔다. 피터는 호텔매매 따위엔 관심이 없었지만, 그의 투자사에서는 욕심을 냈다. 그들은 서울을 투자가치가 있는 곳으로 평가했다. 가치평가 과정에서 관련 서류가 전해졌고 피터는 외부에 공개되지 않았던 진짜 건축가를 알게 된 거였다.

단지 우연의 일치일 수도 있었다. 소사이어티에 의하면 경험가능한무한의 발생은 건축가와 무관했다. 하지만 피터는실낱 같은 희망의 끈을 놓지 않았다. 베누와 접촉하기 위해모든 노력을 기울였지만 허사였고 결국 그는 서울로 와서 호텔에 투숙했다. 거래를 위한 출장이라고 핑계를 댔지만 사실은 무한을 찾기 위해서였다. 그리고 실종됐다.

"그게 두 달 전이야." 진양이 말했다. "내가 머물고 있는11층 방에 그도 머물렀어." 진양이 손에 들고 있던 캠코더를작동시켰다. 위잉 하는 소리와 함께 LCD 창에 갈색 피부의비쩍 마른 남자가 모습을 드러냈다.

"이걸 봐."

진양이 내게 캠코더를 건넸다. 피터 사사키가 두고 간 물건이라고 했다. 그의 마지막 모습이 담겨 있는 증거자료였다.

나는 내가 왜 피터 사사키의 영상을 봐야 하는지 이유를 알 수 없었고 엮여서는 안 될 일에 끌려들어가는 기분이 들었지만 거절할 수 없었다. 피터 사사키는 방을 빠져나와 복도를 걷고 있었다. 우리가 있던 방과 동일한 방에서 우리가 걷고 있는 것과 동일한 복도로 나왔고 우리가 지금 보고 있는 것과 동일한 광경을 보고 있었다. 화면에는 쇠창살로 막힌 엘리베이터가 있었다. 우리 눈 앞에도 쇠창살로 막힌 엘리베이터가 있었다. 피터의 손이 화면 안으로 들어와 아래 방향의 화살표 버튼을 눌렀다. 엘리베이터의 버튼에 노란불이 들어왔다. 둔중한 울림과 함께 엘리베이터가 움직이는 게 느껴졌다 흡사 건물 전체가 도르래를 타고 위로 이동하는 것처럼, 엘리베이터가 건물에 속한 것이 아니라 건물이 엘리베이터에 속한 것처럼, 바닥과 천장, 벽이 이동하고 있었다.

"철종의 후손이 베누와 무슨 관련이 있는지는 모르겠어. 그런 역사적인 사실에는 관심도 없고 의미도 없다고 생각했으니까. 무한과 비교하면 그런 건 사소하기 그지없지. 안 그래?" 진양이 말했다. "그런데 이상한 건 이 호텔이 휘말린 소송에서 법원이 몇 번이나 친일파의 손을 들어줬다는 사실이야. 정황을 생각했을 때 이곳은 이미 넘어갔어야 하거든. 하지만 그렇지 않았다는 거지. 그리고 매물로 나왔고 외국계 기업이 매매할 수 있게 된 거야."

진양은 최우선 순위 협상대상자가 뉴욕에 본사가 있는 글로벌 부동산 서비스인 '리얼캐피탈'이라고 했다. 처음 듣는 곳이었다. 상장도 안 됐고 사람들에게 알려지지도 않은 회사가 4천 억이 넘는 거래의 주인공이 된 것이었다. "피터의 회사도 밀렸지. 그런데 그 회사의 이사진에 잉카 보로메오가 있더라구. 부동산과 아무런 관계도 없는 인물인데 말이야."

진양이 빠르게 말을 쏟아내며 웃기 시작했다. 그러나 그 웃음은 낡고 녹슨 실린더에서 나오는 날카롭고 새된 소리였고 등골을 오싹하게 만드는 소음이었다. "피터는 소사이어티와 무관하게 일을 진행해야 한다는 사실을 깨달았어."

진양이 캠코더를 들고 있는 내 손을 잡았다. "지금부터 잘 봐." 철컥철컥하는 소리가 들렸고 쇠창살이 열리기 시작했다. 화면에서 열리는 것인지 실제로 열리는 것인지 알 수 없었고 엘리베이터 내부에서 이 세계의 빛이 아닌 것 같은 온도의 파장이 전해졌다. 피터가 엘리베이터를 타는 모습이 보였고 피터가 엘리베이터에서 내리는 모습이 보였다. 진양과 피터의 모습은 빛무리에 싸여 잘 보이지 않았다. 나는 엘리베이터 안으로 발을 옮기고 있었다. 앞이 보이지 않는 하얀 박스 안에서 모든 감각이 왜곡됐다. 그때 철컥하는 소리와 함께 쇠창살이 닫히기 시작했다. 화면 속에서 피터의 손이 더듬거리며 닫히는 쇠창살을 붙잡았다. 그리고 내 손도 쇠창살을 붙잡고 있었다. 나는 다른 손에 들린 캠코더를 들어 밖을 찍었다. 렌즈가 자동으로 노출을 맞췄고 미소 짓고 있는 진양과 피터의 모습이 언뜻 보였다. 나는 무한 엘리베이터를 타고 아래로 내려가기 시작했다.

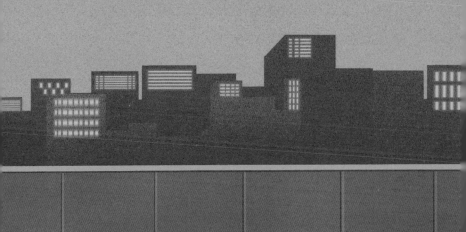

모르는 척하면서

조우리

조우리

2011년 대산대학문학상을 수상하며 작품 활동을 시작했다. 소설집 《내 여자친구와 여자친구들》 《팀플레이》, 경장편소설 《라스트 러브》, 연작소설 《이어달리기》, 장편소설 《오늘의 세리머니》가 있다.

한 달 전 이사를 온 뒤로 세정은 매일 밤 욕조에 물을 받았다. 덕분에 욕실 청소도 매일 해야 했지만 하나도 수고스럽게 느껴지지 않았다. 뜨거운 물을 가득 채운 욕조에 누워 있을 때의 편안함에 비한다면 그 정도의 노동은 기꺼이 감수할 만한 것이었다. 세정이 처음 이 집을 보러 왔을 때, 욕조에는 플라스틱 덮개가 덮여 있었다. 전에 살던 사람은 욕조를 쓰지 않는다고 했다. 욕조 안엔 세제와 청소도구 따위가 들어 있었다.

세정은 이전엔 욕조가 있는 집에 살아본 적이 없다. 그래서 자신이 욕조에 몸을 담그는 걸 좋아하는 줄 몰랐다. 아니, 정확히 하자. 집에 있는 욕조에 몸을 담글 수 있다는 게 이렇게 좋은 줄 몰랐다. 세정이 가족과 살던 집, 그리고 여전히 부모님이 살고 계신 그 전셋집은 웃풍이 심한 낡은 주택이어서 겨울에는 도저히 씻을 수 없었다. 세정과 언니의 살갗에 각질이 하얗게 일어날 즈음이면 엄마는 구멍이 숭숭 뚫린 플라스틱 바구니에 샴푸와 비누, 때수건을 챙겼다. 대중목욕탕에 가기 위해서였다. 언니는 귀찮다며 툴툴거렸지만 세정은 일찌감치 준비를 마치고 기대에 찬 얼굴로 현관에서 종종거렸다.

처음으로 사귄 애인에게 그 이야기를 했을 때, 그는 어리둥절한 얼굴로 세정에게 물었다.

"너 서울에서 태어나서 계속 서울에서 살았다고 하지 않았어?"

세정과 동갑에, 역시나 서울에서 태어나 죽 서울에서 살아온 그는 세정의 기억이 과장되었다고 여겼다. 자신이 어린이 스포츠단 단원으로 쇼핑센터 지하의 실내수영장에서 접영을 배우는 동안 같은 서울의 어딘가에서 세정이 조금이라도 더 물속에 있고 싶어서 현기증이 날 때까지 열탕에 앉아 있었다는 이야기를 그는 믿지 못했다.

수건의 양 끝을 돌돌 말아 머리에 씌운 '양 머리'를 하고서, 구운 계란을 두 볼이 미어지도록 욱여넣은 그는 황토색 티셔츠와 반바지를 입고 있었다. 세정도 같은 복장이었다. 두 사람이 나란히 배를 깔고 엎드려 누운 곳은 서울에서 가장 큰 찜질방이었다. 연인들의 데이트 장소로 유명했고, 아무도 플라스틱 바구니 같은 건 들고 오지 않았다.

세정은 그저 자신이 그날의 데이트를 얼마나 기대했는지 이야기하고 싶었다. 그리고 기대했던 만큼이나 즐겁다는 말을 덧붙여 그에게서 애정이 담긴 응답을 듣고 싶었다. 그뿐이었다. 그에게 자신의 무언가를 설명하거나 이해를 구하려는 게 아니었다. 하지만 그의 눈에 담긴 의문을 마주한 순간, 세정에게 그를 이해시키는 일은 하지 않는 것이 아니라 할 수 없는 것이 되었다. 세정은 가슴이 답답해서 살얼음이 낀 식혜를 벌컥벌컥 마셨다. 애인은 제 몫의 식혜를 세정에게 건네며 다정하게 미소 지었다.

그때 그가 했던 질문과 비슷한 질문을 첫 번째 직장의 사수에게서도 받았다.

"세정 씨는 서울에서 부모님하고 같이 산다고 하지 않았나?"

세정이 회사 근처에 원룸을 알아보고 있다고 하자 따라온 말이었다. 사수는 사회초년생일 때야말로 돈을 모으는 데에 전념해야 할 시기라며, 부모님께 생활비를 드리면서 얹혀살 수 있는 것도 특권이라고 덧붙였다. 세정은 테이블 위 가스버너에서 끓고 있는 부대찌개 냄비를 국자로 젓고 있었다. 사수의 말은 대충 흘려들었다. 식당에 자리가 없어 줄을 서서 기다렸던 탓에 남은 점심시간은 짧았고, 너무 일찍 냄비에 넣은 라면사리가 붇는 것이 신경 쓰였다. 사수의 그릇에 부대찌개를 한 국자 크게 퍼주었지만 그는 먹을 생각은 하지도 않고 계속 말을 이었다.

자신의 고향에서였다면 신축 아파트를 사기에 충분한 돈

으로 서울에선 오피스텔 한 칸을 얻는 게 전부였다고. 오피스텔 관리비가 얼마나 비싼지, 그 비싼 관리비를 내고도 주차비를 따로 내야 하는 건 얼마나 부당한 일인지 토로하느라 사수는 숟가락을 들지도 않았다. 그는 서울에서 태어났다는 게 지방 출신들에게는 얼마나 부러운 스펙인지 모르는 세정이 너무나 안타까워서 허기도 잊은 듯했다. 세정은 그에게 찌개가 다 식겠다고, 얼른 식사하시라고 말했다.

그는 세정의 부모님이 세정이 독립하기를 얼마나 기다리는지 알지 못했다. 세정의 가족이 살고 있는 집에는 방이 두 개이고, 그중 팔다리를 쭉 뻗을 수 있는 크기의 방은 하나뿐이라 부모님과 세정이 한 방에 모여 잔다는 것. 그나마도 먼저 독립한 언니의 자리만큼 공간이 생겨 조금 나아진 상황이라는 것도.

그때 사수가 살던 오피스텔은 회사 건너편 큰길가에 있었는데, 그곳엔 욕조가 있었던 모양이다. 독립 축하 선물이라며 세정에게 주었던 라벤더 향 입욕제를 세정이 몇 년 동안 고이 모셔두기만 하다가 이 집에 와서야 썼다는 걸 알면 그는 얼마나 놀랄까. 입욕제를 넣은 물은 상상했던 것처럼 향기롭지는 않았다. 조금 미끈거리는, 보라색 물일뿐이었다.

그래도 좋다.

그 정도로도 좋다. 세정은 진심으로 그렇게 생각했다. 어쨌든 욕조가 있는 집에서 입욕제를 쓰고 있지 않은가. 66제곱미

터, 약 20평의 지은 지 30년 된 복도식 아파트. 제 집은 아니
고 전세지만, 서울이 아닌 경기도지만, 그래도. 방 두 개가 모
두 세정의 차지다. 남향의 베란다에는 화분도 키운다. 서울까
지 출퇴근하는 데에 왕복 세 시간이 넘게 걸리지만 집에 돌아
오면 욕조가 있다. 언제든 뜨거운 물에 몸을 담글 수 있다. 그
거면 됐다.

특별히 원하는 조건이 있느냐는 부동산 중개사의 물음에
욕조가 있으면 좋겠다고 대답했던 건 잘한 일이었다. 독립한
이후 10년 동안 서울에서 월세를 전전했다. 보증금은 대출을
받았다. 대출이자도 지겹고 월세도 아까웠다. 그동안 모은 돈
으로 전세 보증금을 낼 수 있는 집을 찾다보니 한 번도 와본
적이 없는 경기도의 한 도시까지 왔다. 그래도 여기라면 욕조
가 있는 집에서도 살아볼 수 있지 않을까 싶었다.

세정의 대답이 정답이라는 듯이, 중개사는 크게 고개를 끄
덕였다.

"욕조 좋네요. 아주 좋은 조건이에요."

그가 말하길, 욕조에는 일반적인 규격이 있으니 욕조가 있
다는 것만으로도 욕실의 크기와 구조가 보장이 되는 것이고
그런 욕실이 있는 집이라면 다른 부분들도 크게 이상하지 않
다는 거였다.

이상하지 않은 집. 세정은 그 말이 뭘 뜻하는지 잘 알았다.
그리고 그동안 자신에게 허락되었던 이상한 집들이 떠올랐

다. 벽 모서리가 어느 곳도 직각이 아니어서 가구를 어정쩡하게 놓아야만 했던 집도 있었고, 바닥이 울퉁불퉁해서 집 안에서도 걷다가 넘어지지 않도록 주의를 기울여야 하는 집도 있었다. 천장이 자꾸만 부푸는 집, 거실과 방 사이에 계단이 한 칸 있는 집, 옆집에서 박은 못이 넘어와 벽에 걸려 있던 시계가 떨어진 집……. 그런 집에 살면서 달마다 내야 했던 월세와 대출이자까지. 다시 생각하니 모든 게 정말 이상했다.

세정은 욕조 안에 누워 있던 몸을 일으켰다. 허리를 세우고 앉아 욕조 바닥의 고무마개를 뽑았다. 그리고 아직 온기가 남은 물이 수위를 낮추며 점점 줄어드는 것을 바라보았다.

수건을 꺼내 몸의 물기를 닦고 보디로션을 꼼꼼하게 발랐다. 젖은 머리카락은 드라이어의 차가운 바람으로 바싹 말렸다. 침대에 눕자 기분 좋게 졸음이 밀려왔다. 세정은 금세 잠들었다. 그래서 아랫집 남자가 욕실 천장에서 물이 샌다며 화를 내는 소리가 수도배관을 타고 올라와 세정의 집 욕실까지 울리는 것도, 혜영에게서 문자 메시지가 온 것도 알지 못했다.

재무팀 동료인 혜영은 세정과 나이도 같고 직급도 과장으로 같았지만 상사나 다름없었다. 경력직으로 입사한 세정과 달리 이 회사에서 인턴부터 시작한 고참이었고 윗분들의 신뢰도 두터웠다. 일처리가 빠르고 꼼꼼한 혜영에게 세정은 많은 도움을 받았다. 혜영을 닮고 싶다고도 생각했다. 특히 절대로 조기출근이나 야근을 하지 않고 근무시간 내에 모든 일을 끝내는 모습이 프로답고 멋있었다.

그런 혜영이 자정이 넘은 시각에 문자 메시지를 보내다니. 게다가 그 내용이 지금 회사로 와줄 수 있겠느냐는 물음이라니. 분명 보통 일은 아닐 거라고 세정은 생각했다. 게다가 세정에게서 답이 없자 새벽 4시에 전화를 걸기까지 하다니.

"세정 씨, 비상회의예요."

혜영의 목소리가 비장해서 세정은 잠이 싹 달아났다. 무슨 일이냐고 묻는 대신 얼른 준비하고 가겠다고 대답했다.

재무팀 사무실 옆에 딸린 작은 회의실에는 혜영과 함께 대리인 미연, 소진이 모여 있었다. 세정까지 네 사람이 재무팀 여직원 전부였다. 세정이 도착하자 혜영이 회의실 문을 잠그고 유리창에 블라인드를 내렸다. 심각한 분위기에 세정은 목소리를 낮추어 물었다.

"무슨 일이에요?"

그 말을 기다렸다는 듯이 미연이 노트북으로 회의실 스크린에 화면을 띄웠다. 영수증이었다. 사내 전자결재 시스템에 제출된 영수증. 법인카드 혹은 개인카드로 업무상 경비를 사용했을 때 직원들이 사용 내역을 직접 시스템에 입력한 뒤 증빙 자료로 첨부하게 되어 있는 실물 영수증의 스캔본이었다.

평범한 영수증처럼 보였다. 4만 원짜리 물건을 하나 구매한 영수증이었다. 세정은 영수증에 적힌 구매내역을 자세히 보았다.

"SC-8816? 이게 뭔데요?"

미연이 인터넷 포털 사이트로 화면을 바꾼 뒤, 검색창에 영수증에 찍힌 사업장 이름을 입력했다. 전자제품을 판매하는 웹사이트가 떴다. 상품 코드 SC-8816. 그건 실시간 와이파이 연결이 가능한 초소형 카메라였다. 방범용 CCTV로 활용하라는 설명이 있었지만 주로 어디에 쓰이는지는 뻔했다.

"몰카예요."

혜영이 말했다. 그 영수증은 지난주 시스템 결재 내역을 모니터링하던 미연이 발견했다. 결재가 요청된 내용은 출장 식비였고, 금액은 2만 원이었다. 그런데 전혀 다른 4만 원짜리 영수증이 첨부되어 있었다. 결재를 올린 사람이 영수증을 스캔하면서 실수를 한 게 분명했다. 흔한 일이었다. 재무팀이 정기적으로 모니터링을 하는 이유도 이런 실수를 잡아내기 위해서였다. 미연은 하던 대로 결재를 요청한 직원에게 전화를 걸려고 했다. 영수증이 잘못 첨부되었으니 다시 첨부하라고 말하기 위해서. 그 전에 혹시나 업무용 물품일까 싶어 영수증에 적힌 구매 품목을 검색했는데 그 정체가 영 꺼림칙했던 것이다.

미연은 입사 동기인 소진에게 그 사실을 알렸다. 굳이 방범용으로 '화질 보장', '소음 절대 없음', '쉽게 눈에 띄지 않는 초초초소형'이라는 카메라를 쓸 필요가 있을까. 미연의 찝찝

한 마음에 소진은 무서운 가정까지 얹었다.

"그 영수증을 회사에서 스캔했다면, 그 물건도 회사에 가져 왔던 거 아닐까?"

상상만으로도 끔찍한 일이었다. 미연의 머릿속에는 불법촬영 범죄에 대한 기사들이 파노라마처럼 지나갔다. 그 피해자가 자신이 될 수도 있다는 생각에 심장이 철렁 내려앉는 듯했다. 소진도 마찬가지였다. 며칠 동안 두 사람은 회사에서 화장실에 가지 못했다. 아무것도 모른 채 화장실을 사용하는 다른 직원들에게 죄책감을 느꼈다.

하지만 그저 영수증 한 장이었다. 그것도 법인카드도 아니고 개인카드로 구매한 내역을 가지고 문제 삼을 수 있을까? 너무 예민하게 구는 게 아닐까? 별일 아닌 일을 괜히 키우는 게 아닐까? 혹시 집 앞에 누군가가 쓰레기를 자꾸 버려서 그 범인을 잡으려고 했던 건 아닐까? 미연과 소진은 그런 이야기를 하며 서로의 불안을 달래려 노력했으나 실패했다. 결국 소진이 나서서 깊은 밤 혜영에게 전화를 걸었다.

그 전화를 받고 혜영은 곧바로 집을 나섰다. 회사로 향하는 택시에서 세정에게 문자 메시지를 보냈다. 세정이 잠들어 메시지를 확인하지 못한 사이에 혜영은 미연과 소진도 회사로 불렀다. 세정이 도착하기 전까지 세 사람은 머리를 맞댄 끝에 일단 증거를 찾기로 했다. 마침 차장이 휴가를 내서 네 사람만 출근하는 오늘 하루가 기회였다. 스크린에 새로운 화면이 떴다. '몰카 찾는 법'.

"경찰을 부르는 게 낫지 않을까요?"

세정의 말에 혜영 대신 미연이 대꾸했다.

"세정 과장님은 그 사건 모르시겠군요."

세정의 입사 전, 회사를 떠들썩하게 했던 사건은 신고를 받고 출동한 경찰이 흡연실에서 담배를 피우고 있던 한 직원을 찾아오면서 시작된다. 신고자는 같은 팀의 동료 직원이었다. 혐의는 지속적인 성추행. 하지만 증거가 없었다. 경찰이 돌아간 뒤 신고자는 인사팀에도 고발장을 보낸다. 회사에서는 신고자와 혐의자를 모두 부른 자리에서 '오해'와 '화해'라는 단어를 썼다.

"한쪽은 퇴사하고 한쪽은 여전히 회사에 있어요. 승진도 하고."

세정은 누가 떠나고 누가 남았는지 묻지 않아도 알 수 있었다. 놀라울 것도 없는 이야기라고 생각했다. 하지만 이어지는 미연의 말에는 놀랄 수밖에 없었다.

"그 사람이 바로 이 영수증 주인이기도 하고요."

통칭 '몰래 카메라', 불법촬영에 사용되는 초소형 카메라를 특수한 장비 없이 찾아내는 방법은 크게 세 가지가 있었다. 인터넷 검색을 통해 미리 내용을 숙지한 세 사람이 세정에게 설명해주었다. 첫 번째는 육안으로 찾아내는 방법. 카메라가 숨겨져 있을 것으로 의심되는 구멍이나 틈새를 자세히 살펴보는 것이다. 티슈케이스나 화분의 안쪽을 뒤져보는 것은 필수다. 시계, 볼펜, 나사못, 단추 같은 일상적인 물건도 알고 보면 카메라일 수 있다. 다행히도 찾아야 할 카메라 SC-8816의 형태를 알고 있으니 수색 범위를 좁힐 수 있었다.

두 번째 방법은 스마트폰 카메라를 이용해 적외선 신호를 찾는 것이다. 이때 사용하는 카메라에는 적외선 필터가 없어야 했다. 네 사람의 스마트폰 중에서 혜영과 미연이 사용하는 스마트폰의 전면 카메라에 적외선 필터가 없었다.

"세 번째 방법은 뭐예요?"

"그건 세정 씨 오기 전에 해봤어요. 그 카메라가 와이파이 연결이 가능한 모델이라서 스마트폰으로 수상한 와이파이 신호가 있는지 보면서 돌아봤는데 없더라고요."

네 사람은 다른 직원들이 출근하기 전에 건물 내의 여자 화장실부터 살펴보기로 했다. 여자 화장실은 짝수층인 2층, 4층, 6층에 있었다. 세정과 혜영, 미연과 소진이 2인 1조로 움직이기로 했다.

세정과 혜영은 2층 여자 화장실에 도착했다. 미연과 소진도 4층에 도착했다는 메시지를 보내왔다. 화장실엔 두 개의 세면대와 양쪽으로 세 칸씩 여섯 칸의 변기 칸이 있었다. 먼저 세정이 왼쪽 칸을 살펴보고, 혜영이 스마트폰 카메라를 들고 오른쪽 칸을 살펴본 뒤 서로 살피지 않은 쪽을 한 번 더 살펴보기로 했다.

세정은 왼쪽 첫 번째 칸 문을 열었다. 뚜껑이 닫힌 변기와 스테인리스 휴지통, 휴지걸이에 걸린 두루마리 휴지가 보였다. 평범한 화장실이었다. 세정은 문을 닫고 들어갔다. 그리고 카메라가 있을 법한 곳을 찾아보았다. 휴지통은 텅 비어 있었다. 휴지통을 치우고 변기 뒤쪽의 공간을 살펴봤지만 카메라는 없었다. 휴지걸이에서 휴지를 꺼내보고, 변기 뚜껑과 변기 커버를 들어올려 변기 안쪽도 살펴봤다.

두 번째 칸에서는 좀 더 시간이 걸렸다. 천장에 화재감지기가 있었다. 그런 곳에 카메라를 숨긴다고 들은 적이 있었다. 세정은 변기 뚜껑을 밟고 올라섰다. 다행히 천장이 높지 않아 손이 닿았다. 내 손이 닿을 정도라면 누구든 손이 닿지 않을까? 세정은 떨리는 손으로 화재감지기의 플라스틱 뚜껑을 돌려 열었다. 세정의 얼굴로 오래 묵은 먼지들이 우수수 떨어졌다. 카메라는 없었다. 다행일까. 세정은 쓴웃음을 지었다.

세 번째 칸에 들어갔을 때, 세정은 조금 지쳐 있었다. 변기에 걸터앉으니 절로 한숨이 나왔다. 이게 다 뭐 하는 짓인가 싶었다. 그냥 넘기기엔 개운하지 않은 일이라는 건 세정도 동의했다. 그 영수증을 처음 발견한 것이 세정이었더라도 어떻게 해야 하나 고민했을 것이다. 하지만 이게 정말 최선인가? 이제라도 경찰에 신고해야 하는 게 아닐까? 그러면 전문 장비를 가져와서 찾아주지 않을까? 그런 생각을 하고 있는데,

세정의 눈에 뭔가가 들어왔다. 벽에 붙은 반창고였다.

세정은 반창고를 떼어보았다. 반창고가 붙어 있던 자리엔 용도를 알 수 없는 나사못이 박혀 있었다.

그때 세정의 머릿속에 무수한 장면들이 스쳐지나갔다. 벽에 뚫린 구멍을 막기 위해 돌돌 말아넣은 휴지 조각들, 나사 머리에 렌즈가 박혀 있진 않은지 확인하기 위해 볼펜으로 찌르고 긁어본 자국들, 플라스틱 휴지 케이스를 수없이 열고 닫은 흔적들……. 지하철역, 식당, 카페, 백화점, 호텔……. 언젠가 세정은 구멍을 메우고 있는 뭉개진 립스틱 덩어리를 본 적이 있다. 벽에 뚫린 구멍을 막을 만한 소지품이 아무것도 없었던 사람이 겨우 생각해낸 방법이 립스틱을 문지르는 것이었으리라는 것을, 화장실 밖으로 나와 종종걸음으로 멀어지면서도 불안이 완전히 해소되지는 않았을 것임을 세정은 어렵지 않게 알 수 있었다. 그리고 그 사실, 알 수 있다는 사실이 세정을 괴롭게 했다.

지금처럼.

주머니를 뒤져 반창고를 찾아내고 잠시 안도했을, 그러나 완전히 안심하지는 못했을 누군가가 언젠가의 자신이 아니라고 확신할 수 있을까. 세정은 다리에 힘을 주고 일어났다. 눈이 닿는 모든 곳을 샅샅이 살폈다.

2층 화장실을 살핀 세정과 혜영, 4층 화장실을 살핀 미연과 소진은 재무팀 사무실이 있는 6층 화장실 앞에서 만났다. 2층에서도 4층에서도 카메라는 찾지 못했다. 6층을 가장 마지막에 살펴보기로 했을 때, 네 사람 모두 말은 안 했지만 속으로는 가장 우려했던 상황이었다. 만약 2층이나 4층에서 카메라가 발견되었다면, 이 현실과 조금이나마 거리를 둘 수 있었을지도 모른다. 경찰을 부르고 범인을 지목하고, 추리에 성공한 탐정처럼 개운함을 느꼈을 수도. 하지만 이제 6층에서 카메라가 발견된다면 그들은 어떤 표정으로 서로를 마주해야 할지조차 상상 할 수 없었다.

곧 다른 직원들이 출근할 시간이었다. 네 사람은 빠르게 움직였다. 화장실 안에는 달칵거리는 소리, 부스럭거리는 소리, 슥 스치는 소리만 울렸다. 그리고 진동 소리. 네 사람이 모두 놀라 그대로 멈췄다.

세정의 스마트폰이었다. 전화가 걸려오고 있었다.

"전화 좀 받고 올게요."

세정은 복도로 나갔다. 스마트폰 화면에 뜬 번호는 저장되지 않은 번호였다.

"여보세요?"

"안녕하세요, 502호 선생님이시죠?"

상냥한 목소리였다. 세정은 어렵지 않게 그 목소리의 주인을 기억해냈다. 세정이 이사 오던 날, 분리수거물을 배출하는 요일이며 종량제 쓰레기봉투를 구입할 수 있는 마트 같은 걸 친절하게 알려주었던 관리사무소 직원이었다. 긴 머리를 깔끔하게 올려 묶고 갈색 뿔테안경을 쓴 여자의 모습이 떠올랐다.

"네, 안녕하세요."

"다름이 아니라 아래층 402호에서 물이 샌다고 하셔서요. 최근에 욕실에서 물 많이 쓰신 적 있으세요?"

최근이라고 하면 언제까지이고, 많이 쓴다고 하면 얼마 만큼일까. 세정은 바로 어제도 욕조에 물을 가득 받아 몸을 담갔었다. 하지만 욕실이지 않은가. 그 정도의 물을 쓰는 일이 당연한 공간. 세정은 선뜻 대답하지 못하고 망설였다. 자신의 말 한마디가 어떤 책임을 인정하는 것이 될까 봐 조심스러웠다. 관리사무소 직원은 여전히 상냥한 태도로 말을 이었다.

"누수의 원인이 위층에 있으면 피해 보상을 다 해주셔야 해서요. 소유자 분께도 전화를 드렸는데 협조를 해주신다고 했거든요. 누수탐지 업체를 불렀어요. 일단 원인을 빨리 찾는 게 중요하니까요. 지금 댁에 계세요?"

"아뇨, 회사예요."

"집에 계신 다른 분은요?"

"없어요."

"혹시 가까이 계시면 점심시간에 잠시 오신다거나 하실 수는 없을까요?"

"멀어요, 여기 서울이에요."

"그러면 비밀번호를 알려주실 수 있을까요?"

집에는 아침에 급하게 집을 나선 흔적이 고스란히 남아 있을 것이다. 침대 위 베개와 이불은 세정의 몸이 빠져나온 형태대로일 것이고, 젖은 수건을 말리기 위해 바닥에 펼쳐놓았고, 현관은 신발장에 정리해 넣지 못한 신발들이 흩어져 있고…… 속옷. 세탁한 속옷이 널린 건조대가 거실 한복판에 있다. 그리고 무엇보다 세정은 자신이 없는 사이에 집에 낯선 사람들이 드나든다는 것이 내키지 않았다.

"그건 좀 곤란한데요. 제가 퇴근하고 가면 8시 좀 넘으니까 그때 보시면 안 될까요? 아니면 주말이나……."

세정의 말이 끝나기 전에 관리사무소 직원이 아닌 다른 목소리가 끼어들었다. 아래층 남자인 듯했다. 장비 소리도 들렸다. 관리사무소 직원이 목소리를 낮추고 속삭이듯 말했다.

"지금 402호 천장을 먼저 뜯었는데 위층 누수가 확실하다고 해요. 누수라는 게 시간이 지나면 지날수록 피해가 커지고 보상해야 할 부분도 많아지거든요. 선생님, 아무래도 집에 사람들 들어가는 게 신경이 쓰이실 텐데 제가 먼저 들어가서 조심할 것들 먼저 챙겨두고 욕실에만 들어가서 누수탐지만 할 수 있게 잘 살펴볼게요."

세정은 알겠다고 대답했다. 그럴 수밖에 없다고 생각했다. 전세계약서를 쓸 때 딱 한 번 만나본 집주인은 집에 들어가는 돈을 무척이나 아까워하는 사람이었다. 도배와 장판, 방충망 보수를 해주지 않으려고 그가 얼마나 말을 돌렸던가. 만약 이 누수에 세정의 탓이 조금이라도 있다면 그는 아랫집에 줄 보상금을 세정에게 내라고 할 것이다. 세정은 문득 이전 세입자가 욕조를 쓰지 않은 것이 다 이유가 있어서였을지도 모른다는 생각이 들었다.

세정이 관리사무소 직원에게 현관 비밀번호를 불러주고 전화를 끊었을 때, 화장실 밖으로 혜영과 미연, 소진이 나왔다. 세정과 눈이 마주친 혜영이 고개를 저었다.

"없어."

그 말이 불안을 없애주지 않는 건 왜일까. 네 사람의 얼굴은 그늘져 있었다. 그들은 잠시 가만히 서 있었다. 서로의 시선을 피해 허공에 눈길을 주면서. 그리고 약간의 시간이 흐른 뒤 다시 화장실로 돌아가 한 칸씩 문을 열고 들어갔다. 참았던 소변을 보았다.

화장실이 아니라 다른 곳일 수도 있다고 미연이 말했다. 여직원들이 많이 쓰는 탕비실이나 휴게실에 설치한 것일 수도 있다고. 그런 기사를 본 적이 있다고 했다. 소진이 어이없다는 듯이 혀를 찼다.

"이해가 안 되네, 정말. 커피나 마시고 앉아서 쉴 뿐인데 도대체 그걸 왜 찍죠?"

"화장실에서 볼일 보는 걸 찍는 건 이해가 되고?"

혜영이 웃으며 말했지만 아무도 따라 웃지 않았다. 혜영이 덧붙였다.

"뭘 찍는 게 중요한 게 아니라 몰래 찍는 게 중요한가 봐."

모르게 찍는 것. 찍히는 줄 모르고 찍히는 것. 찍힐지도 모른다고 생각하면서도 찍히는 것. 결국 그렇게 되는 것. 세정은 소름이 끼쳐 진저리를 쳤다.

층마다 복도 끝에 싱크대와 조리대, 냉장고, 정수기가 있는 탕비실이 있었다. 그리고 그 옆에는 4인용 소파와 소파 테이블, 2인용 테이블 두 개가 놓인 휴게실이 딸려 있었다. 네 사람은 비품 점검을 핑계로 탕비실과 휴게실을 살펴보기로 했다. 이번엔 6층부터 아래로 내려가자는 세정의 말에 다들 고개를 끄덕였다.

"혜영 씨, 오랜만이네. 뭐 찾는 거 있어?"

4층 탕비실 앞에서 마주친 직원이 영수증의 주인이라는 걸 세정은 바로 알 수 있었다. 미연과 소진이 묵례를 하고 그를 지나쳐 탕비실로 들어갔다. 세정은 어정쩡하게 혜영의 곁에 섰다. 혜영과 그를 둘만 남겨두고 싶지 않았다. 혜영은 그에게 비품 점검을 하고 있다고 대답했다. 그 목소리가 차가웠다. 하지만 그는 그 사실을 아는지 모르는지, 혹은 알면서도 개의치 않는 것인지 밝게 웃으며 힘내라고 말했다. 파이팅, 주먹까지 휘두르며 말하고는 실없이 낄낄 웃으며 복도 반대편으로 걸어갔다. 세정은 멀어지는 그와 우두커니 서 있는 혜영을 번갈아 곁눈질했다.

"내 동기였어요, 그만둔 사람."

그의 모습이 완전히 사라진 뒤 혜영이 말했다.

"그러니까 이번에는 그냥 못 넘어가겠어요."

세정은 고개를 끄덕였다.

"그럽시다. 그냥 넘어가지 맙시다."

이제 네 사람은 제법 손발이 잘 맞았다. 다른 직원들이 가까이 다가와도 놀라거나 어색해하지 않고 자연스럽게 행동했다. 카메라를 숨긴 사람도 그랬을까. 세정은 생각했다. 남들이 보는 앞에서도 자연스럽게 행동했을까. 아무렇지 않게 웃으면서 인사를 건넸을까. 마치 제 할 일을 하고 있다는 듯이 굴었을까. 세정은 반드시 증거를 찾으리라 생각했다. 그러지 않으면 영영 끝나지 않을 것이다. 불안도, 분노도.

하지만 이번에도 없었다. 근무 시간 내내 업무를 미뤄둔 채 회사 안을 뒤지고 다녔지만 카메라는 발견되지 않았다. 회사에 설치한 게 아닌 걸까. 그러면 그건 다행인 걸까. 네 사람은 지친 발걸음으로 재무팀 사무실로 돌아왔다. 종일 처리하지 못한 업무들 때문에 야근을 해야 했다. 각자 자리에 앉으려 할 때였다. 미연이 다급하게 외쳤다.

"어, 여기, 여기 이상한 와이파이가 있어요!"

미연의 스마트폰 화면에 길고 불규칙한 이름을 가진 와이파이 신호가 떠 있었다. 그걸 확인하고는 누가 먼저랄 것도 없이 자기 책상 밑으로 들어갔다.

모니터가 넘어졌다. 마우스가 책상 아래로 떨어지고, 종이들이 날렸다. 세정은 의자 바퀴를 뽑았다. 혜영은 책상 위로 올라갔다. 미연은 서랍을 전부 열었다. 소진은 쓰레기통을 뒤엎었다.

사무실은 난장판이 되었다. 세정은 자신의 스마트폰을 꺼내 와이파이 신호를 다시 확인했다. 신호가 강해지는 곳과 약해지는 곳이 있다면 위치를 파악하는 데에 도움이 되지 않을까 해서였다. 스마트폰을 들고 사무실 안을 서성이다가 세정은 무언가 깨달았다.

"이거 아니에요?"

세정이 사무실 한쪽 벽에 설치된 복합기로 다가갔다. 그리고 복합기 전원을 껐다. 그러자 수상한 와이파이 신호도 사라졌다.

"지난주에 새로 설치한 복합기, 와이파이로 연결하는 모델이라고 했었어요."

자정이 넘은 시각, 세정은 택시를 탔다. 서울에서 집까지 야간할증이 붙으면 택시비는 4만 원이 넘게 나왔다. 적지 않은 금액이었다. 그러나 다른 도리가 없는 지출이기도 했다. 세정은 뒷좌석 의자에 깊숙이 몸을 기대고 눈을 감았다. 서울 바깥으로 달려나가는 택시는 제한 속도가 없는 듯이 점점 빨라졌다. 몸이 공중에 붕 떠 있는 것처럼 느껴졌다.

피곤했다. 하루가 너무 길었다. 최선을 다했지만 무엇도 해결되지 않았다. 각자의 집으로 가는 택시가 오기를 기다리며 회사 건물 앞에 서 있는 동안, 네 사람은 저마다 한마디씩 했는데 그 말은 스스로를 향해 하는 말 같았다. 고생했다고, 어쩔 수 없다고, 할 수 있는 건 다 했다고.

"그런데 우리, 아무래도 예전처럼은 지낼 수 없겠죠?"

그 말은 미연이 했다. 미연이 말하는 예전, 영수증을 발견하기 전, 아무것도 모르던 때, 가까운 곳에 있는 누군가가 수상한 카메라를 샀다는 사실 같은 건 모르고 살던 때, 그때와 무엇이 달라질까. 무엇은 또 달라지지 않을까. 딱 하루였는데, 아주 긴 시간이 흘러버린 것 같았다. 제일 먼저 혜영이 타야 할 택시가 도착했다. 혜영은 말없이 택시에 탔다. 문이 닫히자 차창 속에서 혜영의 골똘한 얼굴이 어둠에 잠겼다. 혜영은 무슨 생각을 하고 있었을까.

택시가 아파트 단지 입구에 세정을 내려줄 때까지만 해도 세정은 집에 도착하면 욕조에 뜨거운 물을 받아 몸을 담글 생각이었다. 평소보다 높은 온도의, 아주 뜨거운 물속에 들어가리라 생각했다. 오전에 받았던 전화와 아래층의 누수에 대해서는 까맣게 잊은 채, 무거운 발걸음을 재촉했다. 그러다 자신이 살고 있는 동 앞에 와서 무심코 고개를 들었을 때, 세정은 깜짝 놀라 제자리에 멈춰 섰다. 불이 켜져 있었다. 비어 있어야 할 자신의 집에. 세정의 머릿속에 잊고 있던 사실들이 떠올랐다. 심장이 빠르게 뛰었다. 세정은 심호흡을 하고 1층에서부터 창문을 세어 올라갔다. 2층, 3층, 4층, 5층, 그리고 6층. 세정의 집이 아니었다.

현관에 들어선 세정은 센서등이 꺼질 때까지 그 자리에 서 있었다. 몇 번 심호흡을 하고서야 신발을 벗고 집 안으로 들어섰다. 거실에 펼쳐져 있어야 할 건조대가 보이지 않았다. 관리사무소 직원이 건조대를 침실에 넣어둔 모양인지 침실 문이 닫혀 있었다. 그 외에는 달라진 점을 찾을 수 없었다. 하지만 정말 그런가? 세정은 자신의 기억을 확신할 수 없었다. 침실 대신 욕실로 향했다. 불을 켜자 욕조 위에 엑스자로 붙은 박스테이프가 보였다. 사용하지 말라는 메시지가 명확했다.

정말 욕조 때문이라니. 세정은 마음이 복잡했다. 부동산 중개사는 이 집이 한 번도 수리를 한 적이 없는 집이라고 했다. 그래서 다른 집보다 싸다고. 세정은 크게 신경 쓰지 않았다. 더 오래되고 더 낡은 집, 더 고장이 많이 난 집에서도 살았으니까. 하지만 자신이 아닌 다른 사람에게 피해를 끼칠 거라는 생각은 하지 못했다. 지금까지는 큰 문제가 없었다고 말하던 중개사의 목소리가 떠올랐다. 그 문제가 왜 하필 지금 자신에게 일어났는가. 머리가 아팠다. 세정은 관리사무소에 전화를 하려다가 새벽 1시가 넘었다는 걸 알고 그만두었다. 우선은 세면대에서 씻고 내일 오전에 관리사무소에 가볼 생각이었다. 그때까지 욕실 입구에 서 있었던 세정은 욕실 안으로 한 걸음 내려섰다. 그제야 보였다. 변기 커버가 올라가 있는 것이.

소리를 지를 뻔했다. 하지만 가까스로 참았다. 세정은 욕실 밖으로 나와 문을 닫았다.

관리사무소 문에 붙은 안내문엔 운영시간이 오전 9시부터 6시까지라고 적혀 있었다. 그때는 세정도 회사에 있어야 할 시간이었다. 세정은 잠긴 문 앞에서 잠시 망설이다가 돌아섰다. 일단은 출근을 해야 했다. 배차 간격이 10분인 광역버스는 이상하게도 한 대를 놓치면 출근 시간이 10분 늦어지는 게 아니라 30분씩 늦어졌다.

회사에 도착하자마자 세정은 화장실로 향했다. 세면대 앞에 서서 스마트폰 화면을 들여다보고 있다가 9시 1분이 되자마자 관리사무소로 전화를 걸었다.

"저 502호예요."

"안녕하세요, 선생님!"

그는 세정의 전화를 기다렸다고 했다. 마치 오랫동안 연락이 끊겼던 친구를 환대하는 듯이 반가운 목소리였다.

"안 그래도 전화드리려고 했었어요. 욕조 때문에요."

"저희 집 욕조가 문제였던 건가요?"

"아직 몰라요."

"네?"

"욕조를 뜯어야 확실히 알 수 있대요."

전날엔 욕조를 뜯어낼 장비도 없고 누수탐지 업체에서 온 직원도 한 명뿐이라 미처 작업을 하지 못했다면서 그는 오늘 작업을 해도 되겠느냐고 물었다. 집주인에게는 이미 허락을 받았다며, 시간이 오래 걸리는 공사가 아니니 안심하라는 말도 덧붙였다.

"제가 어제는 욕조를 안 썼는데 어제도 누수가 있었다면 욕조가 원인이 아닌 거 아닐까요?"

"그게 그렇지가 않대요, 선생님. 이미 고여 있던 물이 천천히 배어나올 수도 있는 거라서. 그래도 업체 분들이 욕조를 뜯어보고 그쪽이 문제가 아니면 감쪽같이 붙일 수가 있다더라고요. 다행이죠?"

"아뇨, 오늘은 안 되겠어요. 주말에 하시죠. 제가 주말에는 종일 집에 있으니까요."

한숨 소리가 들렸다. 관리사무소 직원은 세정을 타이르듯이 말했다. 그러면 안 된다고. 그러다가 일이 커지면 어떻게 감당하려고 하느냐고. 집주인도 빨리 해결했으면 좋겠다고 말했다고. 이미 업무 시간이 시작되었는데 통화가 예상보다 길어지고 있었다. 세정은 직원의 말을 잘랐다.

"안 됩니다. 들어가지 마세요. 끊겠습니다."

전화를 끊고 손을 씻고 나오는데 현관 비밀번호를 바꾸지 않은 게 떠올랐다. 세정은 물기를 닦지 못한 손으로 전화를 걸었다.

"다시 말씀드리지만, 절대로 들어가지 마세요."

관리사무소 직원은 순순히 그러겠다고 대답했다. 그게 이상했다. 이상하다고 생각하는 자신이 이상한 것인지 세정은 알수 없어졌다. 사무실 안쪽에서 소리치는 차장의 목소리가 복도까지 흘러나와서 세정은 종종걸음으로 제 자리로 향했다.

출장에서 돌아온 차장은 하루 자리를 비웠을 뿐인데 왜 이렇게 업무가 밀려 있느냐며, 혜영에게 잔소리를 늘어놓고 있었다. 혜영은 어젯밤 자신이 맡은 일을 모두 처리하고 퇴근했다. 미처 일을 끝마치지 못한 건 세정과 미연, 소진이었다. 하지만 차장은 그들에겐 한마디도 하지 않고 혜영만을 추궁했다. 아랫사람들을 잘 관리하는 게 제일 중요한 업무 능력이라는 그의 말에 혜영은 대답 없이 고개만 숙이고 서 있었다. 아랫사람,이라는 말에 미연과 소진이 흘깃 세정의 눈치를 살폈지만 세정은 혜영의 안색부터 살폈다.

밀린 일이 못 견디게 많았다기보다는 마음이 싱숭생숭해서 일이 손에 잡히지 않은 탓이었다. 그 와중에도 맡은 일을 처리한 혜영이 대단하고 세정은 생각했다. 차장이 먼저 사무실을 빠져나간 점심시간, 약속한 듯이 네 사람은 회의실에 다시 모여 앉았다.

"이제 어쩌죠?"

마음이 조급해진 세정이 먼저 입을 열었다. 미연과 소진은 서로 눈만 맞추고 있을 뿐 말이 없었다. 혜영은 뭔가를 골똘히 생각하고 있었다. 그러다 마침내 입을 열었다.

"1층, 1층 카페 안에도 화장실 있잖아요."

건물 1층 출입구 옆에 카페가 있었다. 그리고 그 안에 남녀 공용으로 쓰는 화장실이 한 칸 있었다. 그 사실을 떠올리니 머리카락이 쭈뼛 서는 느낌이었다. 아마 모두가 그랬을 것이다. 세정은 미연과 소진을 번갈아 바라보았다.

"하지만 거기를 살펴보려면 경찰을 불러야 하지 않을까요?"

"불러야 하면 불러야지."

혜영의 목소리는 결연했다. 이미 결심을 굳힌 듯했다.

"너무 일이 커지는 게 아닐까요. 만약에 거기도 없으면……."

"거기 있을 수도 있다고 생각하면서 살 수는 없잖아요."

끝을 봐야 한다고 혜영은 말했다. 그래야만 한다고. 혜영이 자리에서 일어섰다. 세정의 눈에는 회의실 밖으로 나가는 혜영의 모습이 슬로우 모션처럼 보였다. 퍼뜩 정신을 차린 것처럼 미연과 소진도 혜영의 뒤를 따라 나갔다. 혼자 남은 세정은 혜영의 말을 곱씹으며 욕조를 떠올렸다. 세정이 마음에 들어 했던 욕조, 아래층에 물이 샌 원인일지도 모르는 욕조, 누수탐지 업체에서 감쪽같이 뜯었다가 다시 붙여놓을 수 있다고 했던 욕조. 지금은 엑스자로 박스테이프가 붙어 있는 욕조……. 거짓말처럼 전화가 왔다.

관리사무소 직원이 처음 전화를 걸어왔을 때처럼 상냥한 목소리로 말했다. 누수를 잡았다고. 원인은 욕조가 아니었다고. 걱정하지 말라고. 이제 아무 문제없다고.

"다 끝났어요, 선생님. 안심하세요."

세정은 대답 없이 그의 말을 듣고만 있었다. 정말일까, 아닐까. 하지만 무엇이라 생각한들 그 생각은 믿을 수 있을까. 이미 알아버렸는데, 감쪽같이 아닌 척할 수 있다는 걸 알아버렸는데, 이 불안, 이 의심이 사라질 수 있을까? 그때 세정의 뺨에 닿은 스마트폰이 진동했다. 어느새 관리사무소 직원과의 전화는 끊겨 있었고, 미연에게서 전화가 걸려오고 있었다. 통화 버튼을 누르자 믿을 수밖에 없는 또렷한 목소리가 들렸다.

"찾았어요!"

세정은 자리에서 일어났다.

⊟ 바통 06

영원히 알거나 무엇도 믿을 수 없게 된다

1판 1쇄 발행 2023년 6월 14일

지은이 · 강화길 김멜라 서장원 이원석 이현석 전예진 정지돈 조우리
펴낸이 · 주연선

(주)은행나무
04035 서울특별시 마포구 양화로11길 54
전화 · 02)3143-0651~3 | 팩스 · 02)3143-0654
신고번호 · 제 1997—000168호(1997. 12. 12)
www.ehbook.co.kr
ehbook@ehbook.co.kr

ISBN 979-11-6737-310-6 (03810)